Apfelgrün und blutrot

Apfelgrün und blutrot
Roman

Christa Bohlmann

Bibliografische Information der Deutschen Bibliothek:
Die Deutsche Bibliothek verzeichnet diese Publikation in
der Deutschen Nationalbibliografie; detaillierte Daten
sind über
<http://dnb.ddb.de> abrufbar.
Alle Rechte auf Text und Bild vorbehalten
2015 Christa Bohlmann
Titelfoto: Alfred Rozenvalds
Herstellung und Verlag: BoD - Books on Demand
Norderstedt
ISBN 9783738646627
www.bod.de

Vorwort

Gisela Koch, die Protagonistin aus meinem Roman „Bittersüß", wollte mich weiter beschäftigen und es formten sich schnell die Gedanken für ein neues Buch. Als „moderne Miss Marple" musste sie ja wieder in einen Mordfall verwickelt werden. Es war schon verzwickt, verschiedene Verbrechen in meiner Heimat Osterbinde, einem Ortsteil der Kleinstadt Bassum, passieren zu lassen.

Die Handlung und die Hauptakteure sind frei erfunden. Jede Ähnlichkeit mit lebenden oder bereits verstorbenen Personen wäre rein zufällig. Auch den Handlungsort, die Apfelplantagen und das Anwesen der Lindemanns sind frei erfunden.

Dennoch trifft der Leser auf bekannte Personen, Straßen und Plätze, die tatsächlich existent sind. Es war mir ein Vergnügen, Fiktion und Realität zu vermischen.

Mein Dank gilt meinen lieben Helfern:
Rosi für die Dienste als Lektorin,
Heinz für seine Geduld,
Biene, die sich auf Fehlersuche begab,
Eckhard für den technischen Rat,

Alfred, dem das Fotoshooting sichtlich Spass machte
und natürlich Brigitte, die sich wieder für das Titelfoto zur Verfügung gestellt hat.
Dicken Dank euch allen.

Ich bitte den lieben Gott, mir die Zeit für ein weiteres Buch aus dieser Reihe zu geben, die Ideen für eine Fortsetzung reifen bereits.

Apfelgrün und blutrot

Gisela blickte nachdenklich aus dem Fenster. Im Grunde konnte sie mit ihrem Leben mehr als zufrieden sein. Dennoch vermisste sie was. Etwas, das nicht einmal sie selbst bezeichnen oder beschreiben konnte. Leise war Martin hinzugekommen und berührte sanft ihre Schultern. „Was grübelst du? Das sind doch wohl keine Sorgenfalten auf deiner Stirn, meine Schöne?", fragte er sie, küsste zuerst ihren Hals und arbeitete sich dann langsam weiter vor.

„Ach Martin, wenn ich dich nicht hätte! Du hast meinem Leben einen ganz neuen Sinn gegeben. Es ist so schön, dass es dich für mich gibt. Aber du hast Recht, denn irgendetwas fehlt mir und ich glaube auch zu wissen, was es ist. Früher, als ich noch in der Kanzlei arbeitete, habe ich tagsüber so einiges bewegt. Abends wusste ich, welche Aufgaben am nächsten Tag vorrangig zu erledigen waren. Natürlich kam häufig etwas dazwischen, das meine Pläne durchkreuzte. Aber abends wusste ich genau, was ich geleistet hatte. Und jetzt? Wohnung putzen, Essen kochen – das kann nicht mein Lebensinhalt sein! Die Zeit, die ich mit dir und Anton verbringe, ist wunderschön. Natürlich besonders die Zeit mit dir! Trotzdem fühle ich da eine Leere in mir, die mich irgendwie unzufrieden macht. Bitte versteh mich richtig, es soll nicht heißen, dass ich mit dir nicht glücklich bin."

Gisela drehte sich zu Martin um und sah ihm verliebt in seine dunkelbraunen Augen, in deren Winkeln feine lustige Lachfältchen aufblitzten.

Unglaublich, noch vor fünf Monaten hatte sie nicht einmal gewusst, dass es ihn überhaupt gab. Sie selbst war erst im Dezember nach Osterbinde gezogen, um im Haus der Lindemanns eine kleine aber feine Senioren-Wohngemeinschaft zu gründen. Mit ihr und Martin Jansen wohnte Anton Winkler, eine Frohnatur. Anton war sehbehindert und hatte sein Reich, wie auch Gisela, im Erdgeschoss. Martins Räume lagen im oberen Stockwerk. Alle drei hatten ihre eigenen Räume: Wohnzimmer, Schlafzimmer und Bad. Gemeinschaftlich nutzten sie im Erdgeschoss eine geräumige Küche, dazu ein großes gemütliches Wohnzimmer. Außerdem stand ihnen ein schönes helles Gästezimmer zur Verfügung.

Die Lindemanns waren sehr zufrieden mit ihren neuen Mietern, mit denen sie unter einem Dach lebten. Die Senioren-WG war die ideale Lösung für die Nutzung des großen Hauses, das die

Hausbesitzer von ihrem verstorbenen Arbeitgeber geerbt hatten.

Es klopfte an Giselas Tür: „Darf ich?", vernahmen die beiden Antons Stimme.

„Klar, komm rein. Ach Anton, willst du uns mal wieder zeigen, welchen Baumwollanteil dein Sweatshirt hat?", bemerkte Gisela lächelnd, weil Anton das Oberteil mal wieder links herum trug. Der fasste schnell in seinen Nacken und fühlte das Markenschildchen mit Waschanleitung und Größenbezeichnung.

„Ich wollte nur mal sehen, ob ihr auf mich aufpasst", grinste er und zog sich den Pullover über den Kopf. Gisela sah zum ersten Mal seinen muskulösen Oberkörper. „Alle Achtung", dachte sie. Dabei konnte es ihr völlig egal sein, wie stark Antons Arme waren, denn ihren Martin liebte sie seit dem ersten Moment. Liebe auf den ersten Blick war es für beide gewesen, als Martin sich für die WG interessierte.

„Setz dich hin, ich massiere noch mal schnell deine Schultern. Weiß der Himmel, weshalb sie so verspannt sind."

Gern ließ Gisela sich von Anton behandeln, der noch bis vor ein paar Monaten als Physiotherapeut beschäftigt war. Wenn das nichts war: Hinter ihr stand Anton, knetete und walkte ihre Schultern und vorn hielt Martin Händchen.

„Was liegt heute Abend an? Habt ihr schon etwas vor?", wollte Anton wissen.

Noch ehe Martin Luft holen konnte, antwortete Gisela:

„Es gibt doch einen neuen „Tatort" mit Ulrike Folkerts. Ihr müsst ja nicht, aber ich will ihn unbedingt sehen."

„Du und deine Krimis", antworteten beide Männer fast wie aus einem Mund und Anton fügte hinzu: „Du sollst bald Adelheid Marple heißen!" Anton sonderte sich nicht ab, wenn die beiden einen Krimi anschauten. Ihm blieb die Geräuschkulisse, alles Sehenswerte kommentierten Gisela oder Martin für ihn. Auf ganz besondere Weise konnte Anton über die Stimme die gemimte Gefühlslage der Schauspieler deuten und leitete daraus Gefahr, Angst, Überlegenheit oder andere Gemütsverfassungen ab.

„Lasst mir doch mein Vergnügen. Früher hatte ich keine Zeit dazu, aber jetzt sehe ich eben gerne deutsche Krimis."

„Das wissen wir doch. Ich staune immer wieder über dein Gespür für Logik. Uns wird der Mörder erst im letzten Moment präsentiert, aber du hast längst kombiniert und Zusammenhänge erkannt, die uns verborgen blieben. Du bist einfach ein Phänomen", meinte Martin und Anton nickte zustimmend.

Die meisten ausländischen Krimis mochte Gisela nicht, denn die waren ihr zu brutal und häufig wirklichkeitsfremd. Aber so ein „Tatort" hatte schon was. Sie war auch ein Fan vom „Großstadtrevier" und dem „Alten". Ihre Lieblingsserie war „Adelheid und ihre Mörder" gewesen, was wohl an der gelungenen Mischung aus Kriminalfall und dem richtigen Quäntchen Komik lag.

Früher hatte Gisela sich selten die Zeit genommen, einen Fernsehfilm zu verfolgen. In all den Jahren, in denen sie sich ihrer Aufgabe als Chefsekretärin in einer Anwaltskanzlei gewidmet hatte, fehlte ihr dazu die Muße. Zum Krimi war sie ja im Grunde erst gekommen, nachdem sie im Jahr zuvor in diesen Fall um Ottos Tod hineingeraten war. In der Rolle von Kommissaren und Ermittlern fühlte sie sich wohl. Immer wenn sie Kontakt mit ihrer Nichte Gaby und deren Lebensgefährten Kalle Korn hatte, nutzte sie die Gelegenheit, um ihn nach aktuellen Fällen auszufragen. Nein, Kalle war kein Schmuddeldetektiv. Korn war Ermittler, ein sehr sympathischer und erfolgreicher dazu. Manchmal hatte Gisela Glück und er ließ sich ausquetschen, wobei er aber immer Diskretion wahrte. Er verriet vielleicht etwas über seinen Auftrag und den Fall an sich, nannte dabei aber niemals die Namen der Beteiligten oder beschrieb die Einzelheiten. Erst nachdem ein gelöster Fall in der Presse breitgetreten wurde, konnte es sein, dass er sich mehr Details entlocken ließ. Schon häufig hatte sie ihn heimlich um seinen interessanten Job beneidet und sich gewünscht, ihn unterstützen zu können.

In den letzten Wochen passierten in ihrem Umfeld eigenartige Vorfälle, die sie früher vermutlich überhaupt nicht wahrgenommen hätte. Sie sah jetzt genau hin, wenn ihr etwas Ungewöhnliches auffiel. So wie vor ein paar Tagen: Zusammen mit Martin hatte sie kurz vor Einbruch der Dämmerung noch einen Spaziergang unternommen, als sie auf einer Seitenstraße ein gesatteltes Pferd ohne Reiter entdeckten, das zielstrebig seines Weges trabte. „Da ist doch etwas passiert!", rief Gisela entsetzt. „Wieso? Ist doch alles in Ordnung. Du siehst doch, dass das Pferd ganz ruhig ist."

Gisela ließ nicht locker: „Ist da hinten nicht ein Reiterhof? Es heißt, dass ein Pferd seinen Weg allein zum Stall zurück findet. Also kann es doch möglicherweise seinen Reiter in entgegen gesetzter Richtung verloren haben. Ich hol mal schnell den Wagen und fahre die Strecke ab." Trotz verschiedener Einwände durch Martin war Gisela nicht zu bremsen. Tatsächlich fand sie ein elfjähriges verletztes Mädchen am Straßenrand. Der alarmierte Krankenwagen brachte das Kind mit blutender Kopfwunde und Armbruch ins Krankenhaus. Gisela war froh, dass sie spontan reagiert hatte.

Aber sie machte noch viele andere Beobachtungen. Vor einigen Tagen hatte sie mit ihrer Nichte Gaby in Bremen ein Nobelrestaurant besucht. Das Essen war als eine kleine Wiedergutmachung für Giselas Nichte gedacht, die sich manchmal etwas vernachlässigt fühlte. Dennoch freute Gaby sich für ihre Tante, als die sich über beide Ohren in den netten Ex-Schornsteinfegermeister Martin Jansen verliebt hatte.

Beiläufig warf Gisela einen Blick auf die anderen Gäste. Am Fenster saßen zwei junge Männer, die sich zunächst ein Getränk bestellten. Die vorgelegte Speisekarte studierten sie zwar, signalisierten dem Kellner aber, dass sie mit ihrer Entscheidung bis zum Eintreffen von Freunden warten wollten. So erklärte es sich auch, dass sie ihre Aufmerksamkeit auf den Parkplatz richteten. Für Gisela und Gaby gab es reichlich Gesprächsstoff, weil sie sich ein paar Tage lang nicht gesehen hatten.

Es erschienen neue Gäste: Ein gepflegtes Pärchen mittleren Alters betrat das Lokal. Lässig spielte der Mann mit seinen Autoschlüsseln, warf sie kurz in die Luft, um sie dann wieder aufzufangen und danach in der Manteltasche verschwinden zu lassen. Die beiden Männer vom Fensterplatz nickten sich zu, warfen einen Schein auf den Tisch, eilten an die Garderobe und griffen zielstrebig in die fremde Manteltasche, um sich die Autoschlüssel zu schnappen. Gisela hörte einen Motor aufheulen und sah das Auto mit quietschenden Reifen davonrasen und schaute einem silbergrauen Porsche hinterher. Umgehend informierte Gisela die völlig überraschten Besitzer des Autos vom Geschehen, die sofort die Polizei verständigten. Da ein Polizeiwagen aus unmittelbarer Nähe die Verfolgung aufnehmen konnte, waren die Täter bereits gestellt, als Gisela und Gaby sich gerade mit dem letzten Rest des Desserts befassten.

Gaby bewunderte ihre Tante, die in dieser Situation erstaunlich ruhig, aber zielstrebig vorging. Ihr selbst wäre vermutlich, wie all den anderen Gästen, der Vorfall entgangen. Das Ehepaar ließ es sich nicht nehmen, die Rechnung von Gisela und Gaby zu begleichen.

Zwei Tage darauf war Gisela mit Martin in Bremen zum Einkaufen unterwegs. Von weitem sahen sie zwei Männer auf sich zu rennen, als wäre der Teufel hinter ihnen her. Als sie näher kamen, war es unverkennbar, dass hier offenbar jemand versuchte, einen Gauner aufzuhalten. Im richtigen Moment spreizte Gisela ihren Stockschirm mit den Bassum-Motiven zur Seite und brachte so ganz lässig den Gejagten zu Fall. In der Tat verfolgte ein Zivilfahnder einen Verbrecher. Charmant lächelnd sah Gisela zu, wie die Handschellen angelegt wurden. Martin bekam vor lauter Bewunderung den Mund nicht mehr zu.

Ja, Gute und Ganoven ließen Gisela nicht los. Früher hatte ihr Chef sie verteidigt, mal die eine Seite, mal die andere. Otto hatte als Richter so manchen Spitzbuben hinter Gitter gebracht. Und Kalles Aufgabe war es, Halunken aufzustöbern, von denen es definitiv zu viele gab.

Otto – noch häufig musste Gisela an ihn denken. Er war eine Seele von Mensch gewesen. Noch immer gelang es ihr nicht, seinen Tod zu verwinden. Dass es einer ihm körperlich unterlegenen Frau gelungen war, ihn mit einem Sofakissen zu ersticken, blieb für sie völlig unfassbar. Wäre Otto froh über ihr neues Glück oder eher eifersüchtig? Manchmal blickte sie in den Himmel und zwinkerte dem Freund innerlich zu.

Vor ein paar Nächten hatte die Bassumer Feuerwehr die Kameraden aus einer Nachbargemeinde unterstützt, die das Feuer in einem leerstehenden Haus zu löschen hatten. In der Zeitung war zu lesen, dass die Kripo wegen Brandstiftung ermittelte, weil Brandbeschleuniger gefunden wurden. Gisela war am Tag vor dem Brand an einer Tankstelle ein junger Mann aufgefallen, der trotz des extrem hohen Benzinpreises zwei Kanister mit Benzin füllte, aber sein Fahrzeug nicht betankte. Spontan griff sie zum Hörer, um die Polizei zu verständigen. Martin hörte erstaunt als Gisela erklärte: „Der Mann war um die Dreißig und trug ein schwarzes Sweatshirt. Die Unterseite des Kragens war blau. Volksbank-blau! Er fuhr einen alten schwarzen Polo mit dem Kennzeichen DH - VH 252."

„Wieso hast du dir das Kennzeichen gemerkt?", fragte Martin erstaunt. „Ganz einfach. Mein Chef hatte exakt das gleiche Kennzeichen, allerdings in Bremen zugelassen."

Mit Hilfe von Giselas Hinweisen konnte der Brandstifter tatsächlich schnell gefasst werden.

„Würde ich dich nicht so lieben, wärest du mir fast ein bisschen unheimlich. Aber mach nur so weiter. Wenn du mal meine Hilfe brauchst, kannst du auf mich zählen", bemerkte Martin. „Sei vorsichtig, ich nehm' dich beim Wort", kündigte Gisela an und kuschelte sich verliebt in Martins Arme.

Das Ehepaar Lindemann hatten ihre drei Mieter zum Abendessen eingeladen, bei dem Herr Lindemann sie über Neuigkeiten informieren wollte. Nach dem Essen ließ er die Katze aus dem Sack: „Wir kamen ja schon vor Ihrem Einzug auf die Idee, in der Lagerhalle da drüben weiteren Wohnraum zu schaffen. Da es wohl ein solider Bau ist, wollten wir einen Umbau vornehmen. Nach reiflicher Überlegung sind wir aber zu dem Entschluss gekommen, das Gebäude komplett abreißen zu lassen. Das Fundament kann weiterhin benutzt werden, hat mir der Bauunternehmer erklärt. Da der Pachtvertrag mit dem Ostbauern Tegge abgelaufen ist und er auch keine Verlängerung des Vertrages wünscht, steht dem Bauprojekt nichts mehr im Weg. Die Bauzeichnungen liegen schon bei der Stadt zur Genehmigung vor. Wir hoffen, dass das nicht allzu lange dauert. Hier ist schon mal eine Kopie. So soll es einmal aussehen."

Frau Lindemann meldete sich zu Wort: „Wenn es um die Auswahl neuer Bewerber für die neue Senioren-WG geht, sind Sie uns doch bestimmt wieder behilflich, Frau Koch?" Gisela stimmte gern zu.

Frau Lindemann ergänzte: „Dann können wir uns darauf verlassen, dass Sie die Richtigen finden. Aber noch ist es zu früh, wir können uns Zeit damit lassen. Wir hätten aber eine Bitte an Sie. Auch wenn wir nebenan ein schönes neues Haus errichten, wünschen wir uns, dass gerade Sie Drei weiterhin mit uns unter einem Dach wohnen. Wir haben uns so aneinander gewöhnt."

Martin, Anton und Gisela schlossen sich dem einstimmig an. Besonders die Männer diskutierten noch weiter über Vor- oder Nachteile zwischen Neubau und Umbau. Herr Lindemann gab ein Ergebnis seiner Beratungsgespräche weiter: „Wenn im Gebäude Äpfel gelagert wurden, müsste die Halle auch noch jahrelang danach riechen. Wer möchte schon im Apfelduft schlafen, so angenehm der auch sein mag. Aber auf Dauer? Die Tore liegen ja auf der gegenüberliegenden Seite. Wir wissen gar nicht, ob Herr Tegge die Halle in den letzten zwei Jahren überhaupt genutzt hat. Uns ist nichts aufgefallen. Die Kühlanlage läuft über seinen

Stromzähler, so hatten wir auch keine Kontrollmöglichkeit. Solange er die Pacht rechtzeitig bezahlte, sollte uns ja auch egal sein, ob und wie er die Halle genutzt hat. Bezahlt hat er jedenfalls immer pünktlich. Er selbst hat eine große Kühlhalle neben seinem Wohnhaus stehen. Vielleicht war die für seine Ernteerträge ausreichend."

Martin mutmaßte: „Möglicherweise lagert Herr Tegge ja etwas anderes in der Halle? Eventuell Maschinen, die zur Obsternte benötigt werden oder leere Obstkisten?" Obwohl Herr Lindemann kein Experte war, wusste er: „In einer Kühlhalle werden ausschließlich Äpfel gelagert. Für die Kurzzeitlagerung gibt es Kühlhäuser, in denen die Äpfel bei zwei bis vier Grad gelagert werden. Für die Langzeitlagerung werden die Äpfel in sogenannten CA-Lagern bis in den Sommer hinein schlafen gelegt. Bei einer Luftfeuchtigkeit von neunzig Prozent wird ihnen Sauerstoff entzogen. Dadurch reduzieren die Äpfel ihren Stoffwechsel und halten so etwas wie einen Winterschlaf. So bleiben sie erntefrisch und nährstoffreich. Niemals wird ein Obstbauer seine Äpfel zusammen mit Arbeitsmaschinen lagern oder sie womöglich in einem umgebauten Schweinestall unterbringen.

Der Apfel soll ausschließlich nach Apfel schmecken und riechen und nach sonst nichts."

Die drei Freunde staunten über so viel Information über den weniger bekannten Erwerbszweig in dieser Gegend. Als die Gespräche in eine andere Richtung gehen wollten, ergriff Herr Lindemann das Wort: „In der nächsten Woche fahren wir zur Silberhochzeit meines Bruders nach Süddeutschland. Leider hat sich gerade für diese Zeit der Abbruchunternehmer angesagt. Obwohl wir uns sehr bemüht haben, ließ sich der Termin nicht verschieben. Aber weder Sie noch wir haben ja etwas damit zu tun. Nur bleibt Ihnen die Lärmbelästigung in dieser Zeit nicht erspart. Sieht ja fast so aus, als wollten wir davor fliehen."

Die Drei beruhigten das besorgte Ehepaar. In der Tat brauchte der Abbruchunternehmer weder Helfer noch Zuschauer. Anton meinte grinsend: „Ob Sie nun da sind oder nicht, der Lärm bleibt doch der gleiche. Da müssen wir durch."

Frau Lindemann bat Gisela, während ihrer Abwesenheit die Blumen zu gießen. Auch das sollte kein Problem für sie sein. Es war fast Mitternacht, als die drei Mieter sich nach einem gemütlichen Abend von den Lindemanns verabschiedeten.

Ende April zeigten die Kirschbäume pünktlich ihre weiße Blütenpracht. Die unzähligen Apfelbäume hatten dicke rosa Knospen und zogen bereits einige Spaziergänger an. Wie schön sollte der Anblick erst sein, wenn die Knospen aufblühten und den Landstrich weiß erscheinen ließen?

Die Lindemanns waren am Vortag in Richtung Süddeutschland aufgebrochen. Martin lud Gisela und Anton in seinen Wagen und zu Dritt machten sie eine Tour durch die ländliche Umgebung. Anton hörte den Beschreibungen der beiden anderen zu und konzentrierte sich mehr auf den Blütenduft und das Summen der Bienen. Den Freunden entging durch ihre Abwesenheit auch der Lärm, den die Arbeiter des Abbruchunternehmens erzeugten. Ein großer Bagger und sogar ein Kran waren im Einsatz. Die Lastwagen wurden mit Bauschutt beladen, um den umgehend zu entsorgen. Der Krach war wirklich nur schwer zu ertragen. Umso mehr bedauerten die Drei die Arbeiter mit ihren blauen Schutzhelmen, die dem Geräuschpegel den ganzen Tag lang ausgesetzt waren. Es hörte sich seltsam an, wenn ganze Mauerteile zusammenbrachen.

Als sie von ihrem Ausflug zurückgekehrt waren, trieb sie die Neugier auf die Abbruchstelle. Gisela ging noch einmal ins Haus, um sich die ältesten Jeans anzuziehen. Die waren noch nicht mal ein Jahr alt. Früher hatte sie ausschließlich klassische Kostüme oder Hosenanzüge getragen. Sie war immer noch froh darüber, dass ihre Nichte Gaby sie zum Tragen sportlicher Kleidung überredet hatte, denn die war viel bequemer und passte jetzt besser zu ihr.

Anton blieb vorsichtshalber außerhalb der Absperrung stehen. Gisela betrat die Baustelle. Martin, sehr um Giselas Wohlergehen bemüht, begleitete sie über das unwegsame Gelände. Der Anblick der Bauruine stimmte sie irgendwie wehmütig. Sie trösteten sich aber damit, dass sie hier in Kürze ein schönes neues Wohngebäude vor Augen haben würden.

„Oh sieh mal da! Was ist denn das?", fragte Gisela überrascht. Martin schüttelte den Kopf. Was seine Liebste da wohl wieder entdeckt hatte? Ein Teil der roten Backsteine war von einer Seite farbig: silbrig, andere wieder schwarz oder auch rot. Jetzt reagierte Martin doch: „Das sieht aus wie Autolack! Sieh mal, hier sind sogar verschiedene Farben übereinander gespritzt worden. Von wegen Apfel-Kühlhalle! Sieht aus, als wenn hier eine

Autoschieberbande tätig gewesen wäre." Gisela war ganz aufgeregt: „Ob Tegge davon gewusst hat? Und die Lindemanns? Nein, die bestimmt nicht!"

„Lass gut sein, mein Schatz. Was auch immer da passiert ist – es ist vorbei. Spätestens übermorgen liegt der ganze Bauschutt auf einer Deponie oder man hat schon Wege damit befestigt."

„Ich könnte ja mal bei der Zeitung nachfragen, ob es hier in den letzten zwei Jahren eine Autoschieberbande gab." Gisela war schon wieder ganz in ihrem Element. Martin stiefelte zurück zu Anton, um ihm von der Beobachtung zu berichten. Nur eine dachte noch nicht daran, die Baustelle zu verlassen – Gisela. Die Wände zur Süd- und Ostseite standen noch aufrecht. Martin warnte: „Betreten auf eigene Gefahr! Wir haben hier nichts zu suchen. Komm her, Gisela, sonst brichst du dir noch den Hals."

Die aber kletterte längst weiter über Balken, Steine und Dachziegel. Plötzlich schrie sie auf. Im äußersten Winkel machte sie eine seltsame Entdeckung: Sie fand eine zusammengeknüllte Wolldecke und ein kariertes Sporthemd, auf dem sie sich sicher war, reichlich Blutspuren zu erkennen. Graue Klebebandreste lagen am

Boden. Möglicherweise hatte man jemanden damit gefesselt und geknebelt.

Martin war nicht entgangen, dass Gisela etwas ganz Außergewöhnliches entdeckt haben musste und kam noch einmal zurück. Auch er traute seinen Augen kaum. Mit dem Fuß schob er die Wolldecke etwas zur Seite und entdeckte einen Hammer, der ebenfalls Blutspuren aufzuweisen schien. Beide sahen sich ratlos an. Was sollten sie tun? Alles deutete auf einen Tatort hin. Morgen früh würden die Bagger auch noch die letzte Spur restlos beseitigen.

„Wir müssen den weiteren Abbruch stoppen!", brach es aus Gisela heraus. „Aber Schatz, wir sind doch nicht die Auftraggeber. Der Unternehmer hält sich an seine Termine und lässt sich durch uns bestimmt nicht aufhalten. Außerdem haben wir nichts als einen Verdacht, dass hier ein Verbrechen passiert ist."

„Dann rufe ich eben die Polizei an. Oder besser: ich telefoniere gleich mit Kalle. Der weiß bestimmt einen Weg."

Nur der einsetzende Regen hielt Gisela davon ab, nach weiteren Spuren zu suchen. Wieder im Haus griff sie aufgeregt zum Telefon, um mit Kalle zu sprechen. Gaby meldete sich und teilte mit, dass Kalle noch in Dortmund sei.

„Was ist denn los? Du bist ja ganz außer dir!",
fragte sie ihre Tante, die ihr brühwarm von der
gruseligen Entdeckung berichtete.

„Du hast Recht, da ist wohl etwas
Ungewöhnliches passiert. Kalle wird sich bei dir
melden, sobald er zurück ist. Sprich erst mit ihm
und warte noch mit dem Anruf bei der Polizei.
Wäre ja interessant zu wissen, ob in der letzten
Zeit ein Mensch als vermisst gemeldet wurde.
Dass du aber auch immer in so unglaubliche
Geschichten hineingeraten musst!"

Gisela seufzte tief. Sie wollte die Angelegenheit
jetzt erst einmal mit Martin und Anton
besprechen. Anton meinte sich zu erinnern, dass
es im letzten oder sogar vorletzten Jahr in der
Gegend eine Vermisstenmeldung gegeben habe.
Die Behörden waren damals auf der Suche nach
illegal Beschäftigten fündig geworden. Das
passte allerdings nicht zwangsläufig zu dem
mysteriösen Fund.

Martin riet: „Wir rufen gleich morgen früh bei
der Polizei an. Vielleicht kann Kalle dir ja
wirklich noch einen guten Rat geben. Wenn
Lindemanns zurück sind, werden sie uns
berichten, ob es seltsame Vorfälle gab. Jetzt
entspann dich und vergiss das alles. Denk an
was Schönes! Was auch immer da passiert ist, es
liegt schon längere Zeit zurück. Und schließlich

hast du keine Leiche gefunden! Meine Güte, das hätte uns gerade noch gefehlt."

Im Laufe des Abends versuchte Martin, Gisela abzulenken und sprach über Urlaubspläne. Schon vor längerer Zeit hatten sie beschlossen, zu dritt ins Ausland zu reisen.

„Wolltest du nicht einmal wieder nach Lanzarote und deinen früheren Chef besuchen?", fragte Martin Gisela. Anton äußerte keinerlei Wünsche, denn gerade bei einem Auslandsaufenthalt war er besonders auf die Hilfe der beiden angewiesen. Gisela blieb in Gedanken ganz woanders. Erleichtert sprang sie ans Telefon, als es kurz nach 22 Uhr endlich klingelte. Hastig berichtete sie Kalle von dem Fund in der Ruine und war gespannt auf seine Reaktion. Mit diesem Rat hatte sie nicht gerechnet: „Gisela, melde dich morgen früh gleich bei der Polizei. Dann hast du deine Pflicht getan. Ich habe wenig Hoffnung, dass sie der Sache nachgehen. Welchen Fall sollen sie damit in Verbindung bringen? Wen sollen sie suchen? Wenn jemand verletzt oder misshandelt wurde, hat der das doch längst bei der Polizei gemeldet."

„Und wenn er gar nicht mehr lebt?"

„Dann muss es irgendwo eine Leiche geben. Ich würde dir gerne helfen, aber sag mir, wonach ich suchen soll. Es gibt für mich keinen Auftraggeber. Bitte verstehe mich richtig. Michael und ich stecken bis zum Hals in Arbeit. Hier würden wir nach einer Nadel im Heuhaufen suchen. Bitte tu mir den Gefallen, melde dich gleich morgen früh bei der Polizei und belaste dich nicht weiter damit. Versprich mir das!"

Irgendwie war Kalles Reaktion einleuchtend, doch Gisela konnte und wollte sich nicht damit zufrieden geben.

Die Nächte verbrachten Martin und Gisela ganz unterschiedlich: Manchmal schliefen sie in Martins Reich, an anderen Tagen in Giselas Bett, jedoch selten getrennt. In dieser Nacht hatte Martin das Bedürfnis, noch mehr als sonst für seine Gisela da zu sein. Aber wie kann man sich ernsthaft kümmern, wenn man selbst müde ist? Für Gisela dagegen war an Schlaf überhaupt nicht zu denken. Sie wartete so lange, bis sie Martins ruhige und tiefe Atemgeräusche hörte. Erst als sie auch noch ein leises Schnarchen vernahm, war sie sicher, dass er eingeschlafen war. Obwohl der Regen gegen die Fensterscheibe schlug, stand ihr Entschluss fest. Leise stand sie auf, schnappte ihre Sachen und kleidete sich hastig an. Dann suchte sie nach Haushaltshandschuhen, einem Müllsack und einer großen Taschenlampe. Auf leisen Sohlen schlich sie aus dem Haus in Richtung Abbruchstelle. Ihr war alles andere als geheuer zu Mute.

„Papperlapapp", sprach sie zu sich selbst. Wer soll um diese Zeit schon hier sein? Jetzt mitten in der Nacht! So verrückt kann auch nur ich sein!" Mit der Kapuze auf dem Kopf schützte sie sich vor dem Regen. So mühsam hatte sie sich den nächtlichen Ausflug nicht vorgestellt. Vom Vollmond war nichts zu sehen, weil dicke Regenwolken am Himmel hingen. So blieb ihr nur das Licht der Taschenlampe, um nicht über Balken oder Steine zu stolpern. Plötzlich hörte sie ein Rascheln und erschrak kurz vor einer aufgescheuchten Ratte. Endlich erreichte sie die Stelle mit den Beweisstücken. Nacheinander steckte sie Wolldecke, Hemd, Hammer und Klebebandstücke in den Müllsack. Gründlich leuchtete sie die Stelle ab, fand aber weiter nichts. Sie zog noch einmal das Hemd aus dem Beutel und richtete die Lampe auf das Materialschildchen: „Made in Poland". Der Rückweg war noch beschwerlicher, weil sie jetzt auch noch den Müllsack zu tragen hatte. Ihre Beute versteckte Gisela in der Garage. Wenn sich schon kein anderer um den seltsamen Fund kümmern wollte, sie würde es tun.

„Warum eigentlich?", fragte sie sich plötzlich und wusste schon kurz darauf eine Antwort. Während ihres Berufslebens war sie oft genug mit Recht und Unrecht in Berührung gekommen. Um im letzten Jahr die Mörderin ihres Freundes Otto überführen zu können, hatte sie viel recherchieren müssen. Im Nachhinein hatte sie festgestellt, dass es ihr gefallen hatte, den Fall zu lösen. Damals war erschwerend dazu gekommen, dass es sich bei dem Opfer um eine ihr nahestehende Person handelte und Gisela selbst sogar in Gefahr geriet. Jetzt hatte sie genug Zeit, es war unwahrscheinlich, dass sie im aktuellen Fall Täter oder Opfer kannte. Diesmal konnte sie unbefangen zur Tat schreiten. Ob sie auf Martins Hilfe hoffen konnte? Oder würde er sie bremsen? Als Gisela im Haus war, fühlte sie sich insgesamt besser. Leise schlich sie nach oben und legte sich in Martins Schlafzimmer ins Bett. Der würde sicher Augen machen, wenn er am nächsten Morgen ohne sie aufwachte.

Alle drei hatten gründlich verschlafen und wurden erst von dem Lärm der Baufahrzeuge wach. Martin war mit einem Schlag hellwach, als er das Bett neben sich leer und kalt vorfand. Er sprang aus den Federn und suchte Gisela in der Küche und im Bad. Wo um alles in der Welt war sie? Er raste die Treppe hoch um Gisela in seiner Wohnung zu suchen. Da lag sie und schlummerte fest. Wie sehr er diese Frau doch liebte. Leise flüsterte er ihr ins Ohr: „Ma belle Giselle, aufwachen! Der Kaffee ist gleich fertig."

Er war erleichtert, dass die Bauarbeiter schon in Aktion waren. Jetzt war es zu spät, um die Polizei zu benachrichtigen. Gisela würde den Fund vergessen müssen. Ab jetzt war jede Spurensicherung zwecklos. Vielleicht hätte man nach dem Regen ohnehin keine DNA-Spuren mehr feststellen können. Aber da war er sich nicht sicher.

Gisela rieb sich die müden Augen: „Du hast ganz schön geschnarcht." Das war nicht einmal geflunkert, denn geschnarcht hatte Martin ja wirklich. Doch so ließ sie ihn im Glauben, dass dies der Grund für den nächtlichen Umzug war. Gähnend stieg sie aus dem Bett und zog sich erst einmal in ihr Bad zurück, um sich ein wenig frisch zu machen. Am liebsten frühstückte sie im Nachthemd und duschte erst danach. Martin liebte diesen morgendlichen Anblick seiner Partnerin, die noch etwas verschlafen am Tisch saß und trotz ihres reifen Alters eine Schönheit für ihn war.

Martins Miene verfinsterte sich, als er an der Garderobe Giselas durchnässten Anorak sah.

Ungehalten fragte er: „Du bist doch nicht etwa nachts allein auf der Baustelle gewesen?"

„Dooooch!"

„Warum? Wie konntest du das tun? Was hätte alles passieren können? Und was wolltest du da überhaupt?"

„Beweise sicherstellen!"

„Und wo hast du sie jetzt gelassen?"

„Geheimnis!", antwortete Gisela und wusste genau, dass diese Art von Reaktion Martin zur Weißglut brachte.

Der fuhr sie an: „Brauchst mich gar nicht so anzuschauen, als könntest du kein Wässerchen trüben. Was hab ich mir bloß mit dir eingehandelt. Verdammt noch mal, ich mache mir doch Sorgen um dich!"

„Bitte versteh mich doch. Mein Bauchgefühl sagt mir, dass da etwas ganz Schlimmes passiert ist und dass ich ja möglicherweise das Rätsel lösen kann. Schimpf doch nicht mit mir, versprich lieber, mir zu helfen." Anton hatte beim Betreten der Küche die angespannte Stimmung gespürt und wollte sie mit einem Witz überspielen. Ohne Erfolg. Am Frühstückstisch wurden nur wenige Worte gewechselt und die Stimmung war auf dem absoluten Nullpunkt. Es dauerte eine ganze Weile bis Martin wissen wollte: „Was hast du jetzt vor?" Gisela wusste es nicht.

„Ich will auf jeden Fall abwarten, bis Lindemanns zurück sind. Vielleicht können sie mir noch Informationen liefern. Ich muss in Ruhe überlegen, wie ich vorgehen kann."

„Meinst du, es ist gut, wenn sie wissen, dass du die Sachen hast?"

„Ich bin sicher, dass wir ihnen trauen können. Sie haben bestimmt nichts damit zu tun. Ich habe das bereits in der Nacht erledigt, weil die Polizei wohl nicht sofort gekommen wäre. Inzwischen wären die Beweise womöglich schon im Schutt verschwunden."

Jetzt mischte sich Anton ein: „Wer weiß, wozu das gut gewesen wäre? Was macht dich eigentlich so sicher, dass da ein Verbrechen passiert ist? Ach ja, du hast ja von den Klebestreifen erzählt. Dann ist es vielleicht wirklich keine harmlose Schlägerei gewesen. Aber wie willst du vorgehen?"

„Bitte lasst mir Zeit. Ich werde einen Plan ausarbeiten und mir Fragen notieren. Die Lindemanns sollen meine ersten Ansprechpartner sein. Ich könnte auch mit dem Lokalreporter von der „Kreiszeitung" sprechen, der kann sich bestimmt an besondere Vorkommnisse erinnern. Es ist aber nicht sehr aussichtsreich. Wäre man einem Verbrechen nachgegangen, hätten die Sachen nicht noch in der Lagerhalle gelegen. Diesen Tegge kann ich auch nicht einfach ansprechen. Erstens kenne ich ihn nicht und zweitens könnte er etwas damit zu tun haben. Immerhin war er, wenn mich nicht alles täuscht, mindesten zwei Jahre lang Pächter der Halle. Übermorgen sind Lindemanns wieder zurück. Ich warte auf sie."

„Tu uns aber einen Gefallen: Keine Alleingänge deinerseits! Ich bin an deiner Seite und helfe dir. Du doch bestimmt auch, Anton?"

„Na klar! Ich kann wenigstens bellen, wenn es gefährlich wird", war seine Antwort, die etwas bitter klang. Dann hatte er doch noch eine gute Idee: „Wie wäre es, wenn wir heute Abend mal in die Dorfkneipe gehen? Wie ich dich kenne, kriegst du es doch leicht hin, die Gäste oder den Wirt geschickt auszufragen, Gisela."

Sein Vorschlag wurde angenommen. Gisela musste zwar auf ihren Fernsehkrimi verzichten, aber das tat sie in diesem Fall gern. Martin fragte: „Was sagt dein Bauchgefühl – wollen wir dort auch essen oder nur ein Bierchen trinken?"

„Was haltet ihr vom Gasthaus Freye? Da gibt es bestimmt was Leckeres für uns. Vielleicht können wir den Junior oder den Senior oder auch einen der Gäste etwas ausquetschen."

Der Tag schleppte sich dahin und der Krach der Abbruchmaschinen nervte alle. Unersättlich bediente sich die Baggerschaufel an Dachlatten und –balken, begleitet von einer ungewöhnlichen Geräuschkulisse. Dachziegel und Mauerteile fielen erdwärts.

Spaziergehwetter war auch nicht, so dass die drei den Tag vertrödelten. Gisela telefonierte mit Gaby und vertraute ihr den nächtlichen Ausflug an. Übermäßiges Verständnis zeigte die nicht dafür. Dennoch war ihr klar, dass ihre Tante genau wusste, was sie tat. Später rief Gisela noch bei ihrem früheren Chef an, der im letzten Jahr seinen Wohnsitz nach Lanzarote verlegt hatte. Geflissentlich verschwieg sie ihm den Vorfall. Erst musste sie mehr erfahren, dann war nicht auszuschließen, einen guten Rat von ihm zu bekommen.

Abends gingen die Drei in das alteingesessene Gasthaus Freye.

Sie hatten Glück, denn sie konnten auch ein komplettes Menü bestellen, das sich zuvor eine Geburtstaggesellschaft schmecken ließ. Ansonsten hätten sie ein Gericht aus der kleinen Abendkarte wählen können.

Die anwesenden Gäste hatten nur ein Thema: Das Abendmenü, zubereitet am vergangenen Samstagabend von dem bekannten Spitzenkoch

Sven Niederbremer, einem Freund von Martin Freye. Beide bezeichneten sich als Kochverrückte. Auch die Lindemanns hatten teilgenommen und davon geschwärmt. Frau Lindemann war beeindruckt von dem ganzen Ambiente. Ihrer Meinung nach sah der Saal aus, als solle eine Fürstenhochzeit gefeiert werden. Jeder Stuhl war mit einer weiß glänzenden Husse versehen, auf der Rückenlehne prangte jeweils eine große Schleife. In der rosa gehaltenen Blumendekoration waren Spargel, Blumenkohl und Kartöffelchen eingebunden. Die Bediensteten servierten perfekt einen Gang nach dem anderen, lautlos, freundlich – eben perfekt.

Es war wirklich alles vom Feinsten: Augen – und Gaumenschmaus.

Als die drei Freunde hörten, dass ein weiterer Event dieser Art geplant war, beschlossen sie, auch daran teilzunehmen. Antons Einwände, er wäre zu unsicher, wurden umgehend von Gisela und Martin entkräftet.

Gisela gelang es, den Wirt schon bei der Bestellung in ein nettes Gespräch zu verwickeln, bei dem es zunächst um das Thema Essen ging.

Als Diabetikerin hatte Gisela mit dem guten Essen reichlich über die Stränge geschlagen, denn auf den leckeren Nachtisch konnte sie nicht verzichten. Zu Hause wollte sie umgehend ihre Zuckerwerte testen.

Beim Abservieren legte Gisela los. Der Zeitpunkt schien günstig für ein Gespräch, denn es waren inzwischen nur noch zwei andere Gäste anwesend. Sie sprach den Senior an: „Ab August ist hier doch sicher der Bär los. Dann sind ja wieder so viele Erntehelfer im Einsatz." Der Wirt war Giselas Charme erlegen und fragte, ob er einen Augenblick am Tisch Platz nehmen dürfe. Bereitwillig gab er Antwort und freute sich, dass auch jemand außerhalb der Saison Interesse an seiner Heimat zeigte. „Stellen sie sich vor: Jedes Jahr kommen um die fünfzig Erntehelfer, die meisten aus Polen. Die gelten als besonders zuverlässig und fleißig. Die ersten kommen schon im Juli zur Kirschernte, aber da werden nur ein paar Helfer benötigt. Anfang August geht es mit der Ernte der frühen Apfelsorten weiter. Die letzten Äpfel werden im Oktober gepflückt. Seit 2005 sind die Obstbauern auch für die Erntehelfer sozial-abgabepflichtig. Seitdem versucht man auch, deutsche Langzeitarbeitslose einzusetzen. Aber es geht eben nichts über die Erfahrenheit und Zuverlässigkeit der Polen." Gisela dachte nur: Vielleicht sind ja fünfzig gekommen, aber nur 49 wieder zurück gegangen. Dann fragte sie interessiert: „Kommen eigentlich dieselben jedes Jahr wieder? Die haben doch sonst ihren Beruf. Sicher werden auch immer wieder Neue dazu kommen."

„Da sind einige dabei, die schon ihr 20-jähriges Jubiläum feiern könnten. Sie kommen jedes Jahr wieder. Sicher empfiehlt mal einer seinen Nachbarn oder einen Verwandten. Einige von ihnen sprechen inzwischen gut Deutsch."

„Gibt es da einen Vermittler oder Verwalter oder sucht sich jeder Obstbauer seine Helfer aus? Das gilt doch bestimmt auch für die Arbeitskräfte, die zur Spargel- und Erdbeerernte benötigt werden."

„Das macht schon jeder Obstbauer selbst. Aber der Marek, der ist vor Jahren wegen seiner großen Liebe hier geblieben. Der Marek kennt fast jeden polnischen Erntehelfer im Umkreis von 50 Kilometern. Der ist inoffiziell Ansprechpartner und Dolmetscher für alle und jeden. Wenn einer Probleme hat, weiß Marek zu helfen. Auf ihn hören alle, er wird von Deutschen und Polen zugleich anerkannt. Das ist 'ne ganz ehrliche Haut. Der hat auch den Mut, einem zu sagen, wenn seine Arbeit nichts taugt. Der ist eben Respektperson."

„Und hat er seine große Liebe geheiratet?"

„Ja klar, der wohnt gleich dahinten in der kleinen Siedlung, unser Marek! Also, wenn sie mal etwas wissen wollen: Nicht verzagen – Marek fragen. Der vermittelt sogar Ferienwohnungen an der polnischen Ostsee. Wenn sie mal Interesse haben... "

Gisela ließ nicht locker: „So wie sie ihn schildern, ist der auch Hüter der guten Ordnung, oder?"

„Bestimmt! Der sagt den Jungs schon Bescheid, wenn etwas nicht in Ordnung ist und bringt sie notfalls dazu, das Land zu verlassen. Hat es schon gegeben! Hat es alles schon gegeben!"

Na, wenn sich dieser Besuch nicht gelohnt hätte. Marek also. Vielleicht sollte sie ihn befragen noch bevor die Lindemanns zurückkamen. Je früher, desto besser.

Martin und Anton kamen aus dem Staunen nicht heraus. Zum Glück trafen nun neue Gäste ein, denen sich der Wirt widmen musste. Sie hatten ja auch genug erfahren. Nachdem sie das Lokal verlassen hatten, staunte Martin: „Du kannst ja die Leute ausfragen! Ich wusste ja gleich, dass du eine tolle Frau bist. Ich habe aber nicht geahnt, dass du andere so ausquetschen kannst, ohne dass sie es merken."

„Morgen erkundige ich mich bei Marek nach einer Ferienwohnung."

„Wieso? Wir wollten doch nach Lanzarote. Willst du etwa nach Polen reisen?"

„Wenn's denn sein muss! Und euch nehme ich gerne mit. Wenn ihr aber nicht wollt, fahre ich allein. Wir wissen ja noch gar nicht, ob die Spur wirklich nach Polen führt."

Die gefundenen Dinge blieben Thema Nummer eins in der WG. Obwohl ein Friseurbesuch noch gar nicht fällig war, kündigte Gisela am nächsten Morgen an: „Meine Haare wollen überhaupt nicht liegen. Ich frag mal eben nach, ob ich einen Termin bekommen kann."

Martin warnte sie: „Du willst doch jetzt wohl nicht auch noch den Figaro ausfragen? So ein Friseur kriegt ja schließlich eine Menge mit von dem, was in der Stadt und umzu passiert."

„Gar keine schlechte Idee, aber das hatte ich gar nicht vor. Und übrigens gehe ich nicht zu einem Friseur, sondern zu meiner Friseurin Brigitte."

Anton reagierte auch nicht gerade erfreut: „Dann putzen wir die Küche und den Flur eben alleine."

„Macht das ruhig, ich nehme den Staubsauger ja nicht mit!", rief Gisela und verschwand, bevor sie noch einer der beiden aufhalten konnte.

Was hatte der Wirt gesagt? Marek wohnt da drüben. Drüben war gut, denn in der vom Wirt angegebenen Richtung gab es eher eine kleine Siedlung. Welchen Nachnamen hatte Marek, von dem sie schon eine Vorstellung im Kopf hatte? Wenn er schon zwanzig Jahre lang in Osterbinde lebte, müsste er mindestens fünfundvierzig sein. Gisela hielt am Straßenrand und trat mit einem seltsamen Gefühl im Bauch vor die erste Eingangstür. Der Name Bauermann hielt sie davon ab, an dieser Tür zu klingeln. Vor der nächsten sah es schon viel versprechender aus: Podlaski. Ihr Herz pochte spürbar, als sie läutete. Eine Frau um die siebzig, etwas rundlich und mit rosigen Wangen, öffnete die Tür. Gisela nahm all ihren Mut zusammen: „Ich habe gehört, dass ein Marek Ferienwohnungen an der polnischen Ostsee vermittelt. Bin ich hier richtig?"

„Kommen sie nur rein. Ich rufe ihn gleich." Etwas beklommen blieb Gisela im Hausflur stehen und hörte die Frau rufen: „Marek! Marek, kommst du mal?"

Kurz darauf kam der angeschlurft. Da hatte Gisela sich aber getäuscht, denn Marek war, wie seine Frau, ebenfalls um die siebzig. Er zog das linke Bein etwas nach. Den Rasierapparat hatte er seit Tagen offensichtlich nicht in die Hand genommen. Dennoch sah er sympathisch aus. Das lag wohl an seinen strahlend blauen, blanken Augen. Marek sprach ein nahezu akzentfreies Deutsch und bat Gisela in ein blitzsauberes Wohnzimmer. Seine Frau hatte ihm scheinbar schon den Grund seines Besuches genannt. „Sie suchen also eine Ferienwohnung in Polen? Ich könnte Ihnen da eine sehr schöne in Misdroy an der polnischen Ostseeküste empfehlen. Werden sie allein reisen?"

„Nein, nicht allein. Wir werden zu dritt fahren und brauchen ein Doppel- und ein Einzel-zimmer."

„Hier im Prospekt können Sie alles sehen, was Sie wissen möchten, auch die Preise. Zu welcher Zeit möchten Sie denn fahren?"

„Ich weiß es noch nicht genau. Erst muss ich zwei Herren zu dieser Reise überreden, die lieber nach Spanien fliegen möchten."

Der flüchtige Blick auf den Prospekt machte Gisela tatsächlich Lust auf Ostsee-Urlaub. Sie musste jetzt aber zur Sache kommen, denn schließlich war sie aus einem anderen Grund gekommen.

„Der Wirt hat erzählt, dass Sie hier bereits seit vielen Jahren leben? Wie lange sind Sie schon in Deutschland?"

„Schon über dreißig Jahre. Meine Frau und ich haben hier bereits Silberhochzeit gefeiert. Vor zwanzig Jahren hatte ich durch einen schlimmen Arbeitsunfall einen komplizierten Beinbruch und konnte nicht mehr bei der Obsternte helfen. So mache ich mich eben da nützlich, wo ich gebraucht werde. Ich bin sozusagen Mittler zwischen Obstbauern und Erntehelfern. Ich werde nur aktiv, wenn mein Rat gefragt ist. Niemals dränge ich mich auf, weder für die eine, noch die andere Seite. Ich kümmere mich darum, dass die Helfer ordentliche Arbeit leisten und gerecht entlohnt werden. Viele holten schon so manchen Rat bei mir ein. Gerade im Sommer herrscht bei uns ein ständiges Raus und Rein, und das geht natürlich nicht. Wir kämen ja gar nicht mehr zur Ruhe. So lasse ich mich während der Saison immer mal wieder auf den Plantagen sehen und stehe mit Rat und Tat zur Verfügung, wenn es gewünscht ist. Ich habe schon viele Männer kommen und gehen sehen!"

Die Sache lief gut, besser als Gisela es erwartet hatte. Mareks Frau erschien mit einem Tablett und bot eine Tasse Kaffee an, die Gisela dankend annahm. Jetzt konnte sie gezielter fragen: „Aber Sie können doch nicht alle kennen. Es sollen schließlich jährlich ein paar tausend Helfer in den Landkreis kommen."

„Die normalen, die sich unauffällig verhalten, kenne ich oftmals nicht. Aber die, die sich auf irgendeine Weise hervortun, die lerne ich meistens kennen. Es gibt immer welche, die über das Ziel hinausschießen, egal in welche Richtung."

„Das hört sich ja spannend an. Wollen Sie mir vielleicht von einer Begebenheit erzählen, die Ihnen besonders in Erinnerung geblieben sind?"

Marek war in bester Plauderstimmung. Seine Frau hatte sich in der Zwischenzeit zu ihnen gesetzt. Sie wandte sich an ihren Mann: „Erinnerst du dich noch an den Stanislaw? Der hatte doch den ersten Lohn mit seinem Cousin gleich in Hamburg auf der Reeperbahn ausgegeben und wusste nicht, wovon er im nächsten Monat leben sollte. Und an Miroslaw? Der hatte glatt verheimlicht, dass er Epileptiker war. Was war das für eine Aufregung, als er seinen ersten Anfall zwischen den Apfelbäumen hatte."

Und er fügte hinzu: „Kennst du den Adam noch? Der hatte sich einen Anhänger mitgebracht. Eines Nachts hat er ihn voll beladen mit teuren Alu-Leitern, die er bei den Obstbauern geklaut hatte und war schon unterwegs in Richtung Polen. Die Polizei hat ihn aber noch rechtzeitig erwischt."

Das war ja alles interessant zu hören, aber noch nicht das, was Gisela helfen konnte. Deshalb fragte sie direkt: „Ist hier irgendwann mal eine Autoschieberbande aufgeflogen?"

„Davon habe ich hier nie etwas gehört", antwortete Marek.

Wusste er wirklich nichts, oder verheimlichte er etwas? Beweis genug dafür hatte Gisela mit Martin in der Lagerhalle gefunden. Wie sehr hatte sie schon bereut, dass sie nicht auch noch ein paar farbig bespritzte Steine von der Abbruchstelle mitgenommen hatte. Aber es war schon mühsam genug gewesen, die anderen Sachen im Regen aus der Ruine zu bergen. Irgendwie musste sie jetzt endlich auf den Punkt kommen: „Es sind sicher auch immer wieder dieselben Helfer, oder?"

„Ja, einige arbeiten hier schon seit Jahren. Immer wieder bleiben welche weg und neue kommen hinzu. Ich möchte doch zu gerne wissen, was aus Pawel geworden ist. Das war der Fleißigste weit und breit. Er war ein angenehmer Junge, so Mitte zwanzig. Der hat hier 'ne Menge verdient. Pawel Pawelowski! Den Namen hätten sich seine Eltern besser ausdenken können. Er hat sich hier so wohl gefühlt. Doch dann hat er sich im letzten Jahr kurz vor Saisonende einfach abgesetzt. Ist plötzlich nicht mehr zum Pflücken erschienen und keiner kannte den Grund dafür. Seine Kollegen haben erzählt, dass es ihm jetzt nicht so gut gehen soll. Depressionen oder so etwas. Ich bitte Sie, in dem Alter! Wenn wir mal wieder nach Swinoujscie kommen, werden wir ihn besuchen, was meinst du?"

Die letzte Frage war an seine Frau gerichtet. Gisela, der polnischen Sprache nicht mächtig, hakte gleich wieder ein: „Swienoujscie, hieß das nicht früher Swinemünde?"

„So ist es – Swinemünde!"

Es wurde Zeit, sich zu verabschieden. Wieder meldete sich Giselas Bauchgefühl, das sie dazu antrieb, die Spur zu Pawel aufzunehmen. Gisela bedankte sich und sagte zu, dass sie sich wieder melden würde, falls sie ihre Mitbewohner für den Polen-Urlaub erwärmen konnte.

Sie hatte Glück, dass ihre Friseurin kurz vor der Mittagspause noch Zeit für sie fand. Während sie mit Föhn und Bürste beschäftigt war, hatte Gisela sich schon für einen Urlaub auf Usedom entschlossen. Von da aus war es nur ein Katzensprung nach Swinemünde. Urlaub auf Usedom konnte sie Martin und Anton eher schmackhaft machen als an der polnischen Ostsee. Ein bisschen unwohl war ihr doch zu Mute, dass sie den alten Marek im Prinzip ausgenutzt hatte, wo er doch so gastfreundlich war. Auf dem Rückweg dachte sie wieder über Pawel nach und versuchte, den Namen auszusprechen. Irgendwie war ihre Zunge nicht dazu gemacht. Sie sollte sich den Namen aufschreiben, bevor er in Vergessenheit geriet. Pawelowski! Doch eigentlich brauchte sie sich nur als Eselsbrücke „Paul Paulsen" zu merken. Möglicherweise gab es den Namen in Hamburg ebenso häufig wie Pawel Pawelowski in Swinemünde.

Martin empfing Gisela leicht vorwurfsvoll, weil sie länger als üblich unterwegs gewesen war. „Du musst doch etwas essen! Du bist schon weit über deine Zeit. Nachher jammerst du wieder, weil dein Zucker zu hoch ist! Du hast bestimmt schon wieder irgendwo rumspioniert! Stimmt's?"

Keine Frage, sie liebte ihren Martin. Zu Anfang ihrer Beziehung hatte ihr seine Fürsorge besonders gut getan, weil sie so etwas zuvor nie gekannt hatte. Doch manchmal erdrückte seine Art sie auch, denn dazu war sie immer viel zu selbstständig gewesen. Sie überhörte seine Vorwürfe und berichtete Martin und Anton von ihrem spontanen Besuch bei Marek. Beide lobten sie sogar für ihre Idee und wunderten sich, dass Marek nichts von einer illegalen Autolackiererei bekannt war.

Von der Lagerhalle war kaum noch etwas übrig geblieben. Sie vermuteten, dass die Bauarbeiter am nächsten Tag mit ihrer Arbeit fertig sein würden. Damit war endlich auch Schluss mit dem Krach der Maschinen. Anton bedauerte, nichts von der neuen Aussicht genießen zu können.

Jetzt versuchte Gisela, ihren beiden Mitbewohnern einen Usedom-Urlaub schmackhaft zu machen: „Ihr wollt doch Sonne pur genießen! Usedom glänzt in Deutschland mit den meisten Sonnenstunden. Heringsdorf, Ahlbeck, Bansin! Da wird sich doch ein tolles Hotel finden lassen. Die Osterferien sind vorbei und bis zu den Sommerferien dauert es noch ein paar Wochen. Gerade die richtige Zeit für uns! Soll ich schon mal im Internet suchen?"

„Und was willst du da? Mit uns Urlaub machen, okay. Aber wie ich dich kenne, willst du nach Swinemünde, um irgend so einen Pawel zu suchen. Wie stellst du dir das eigentlich vor? Swinemünde hat bestimmt so um die vierzigtausend Einwohner. Was macht dich so sicher, dass der überhaupt etwas damit zu tun hat?" Anton antwortete für Gisela: „Das Bauchgefühl, das Bauchgefühl!"

„Ach, lacht nur über mich. Ich muss das einfach tun. Ich würde mich wahnsinnig freuen, wenn meine Suche erfolgreich ist. In ein paar Tagen fahre ich noch einmal zu Marek und entschuldige mich dafür, dass wir nicht die Ferienwohnung in Polen buchen. Ist doch 'ne freundliche Geste. Dabei quetsche ich ihn noch einmal aus. Ihr könntet ja mitkommen, aber wie sieht es aus, wenn wir da zu Dritt aufkreuzen!"

„Ich lach mich kaputt, wenn ich mir vorstelle, dass du in Swinemünde an jeder Haustür klingelst und nach Pawel Pawelowski fragst", feixte Anton. Ihm gelang es noch schlechter, den Namen auszusprechen, der für deutsche Zungen wenig geeignet schien. Die Männer nahmen die Angelegenheit noch recht locker, Gisela dagegen war es ernst.

Sehnsüchtig erwartete sie die Lindemanns zurück. Am besten, sie würde Kaffee und Kuchen bereithalten, um die Vermieter gleich nach ihrer Ankunft damit zu überraschen.

Wie so oft ergriff sie die Initiative: „Was haltet ihr davon, wenn wir einen Kuchen für Lindemanns backen? Apfelkuchen muss es ja nicht unbedingt sein, da kennen sie bestimmt ausgefallenere Rezepte."

Es dauerte nicht lange, bis in der Küche eifrig gewerkelt wurde. Das Ergebnis konnte sich sehen lassen: Köstliche Donauwellen. So wie auf der Abbildung sah der Kuchen allerdings nicht aus, denn auf der Kuvertüre fehlten noch die Wellenlinien. Martin überlegte kurz und verschwand für einen Moment im Badezimmer. Sein Blick fiel auf den „Strähnenboy", Giselas schmalem Kamm mit den breiten kräftigen Zinken. Er säuberte ihn gründlich, kam verschmitzt in die Küche zurück und kämmte den Kuchen, solange die Schokolade sich noch formen ließ. Für das Ergebnis handelte er sich viel Lob von Gisela ein, der die Art der Wellenherstellung verborgen blieb, weil sie sich schon mit dem Abwasch befasste. Und Anton hatte ohnehin nichts gesehen. Ob die Kirschen, wie im Rezept angegeben, nach unten gerutscht waren, blieb vorerst abzuwarten. Als die Vermieter um halb fünf immer noch nicht da waren, knibbelten sich die Männer schon einmal ein paar Bröckchen vom Kuchenrand ab. Um siebzehn Uhr fielen sie zu dritt über den Kuchen her, der ihnen einfach wunderbar schmeckte.

Ein langer Stau auf der Autobahn war verantwortlich dafür, dass Lindemanns erst nach neunzehn Uhr zu Hause eintrafen. Zu spät, um ihnen Kuchen anzubieten und auch zu spät, um sie nach einer anstrengenden Autofahrt mit Fragen zu überhäufen und ihnen von den Fundstücken zu berichten.

„Gisela, dein Name ist Ungeduld!" Sie erinnerte sich an die Worte ihrer Mutter, die sie sich als kleines Kind häufig anhören musste. Gisela zuliebe verzichteten die Männer auf ein Fußballspiel und schauten mit ihr einen „Tatort" an. Die wusste das Opfer der beiden zu würdigen, konnte sich aber kaum auf den Krimi konzentrieren, denn ihre Gedanken kreisten um einen ihr unbekannten Menschen, der möglicherweise unter Gewalteinwirkung in der Lagerhalle festgehalten worden war. Um einen Menschen, der möglicherweise sogar mit einem Hammer erschlagen wurde.

Die beiden Männer nahmen wahr, dass Gisela sich plötzlich kerzengerade aufrichtete.

„Was ist nun schon wieder? Du denkst wohl automatisch an den anderen Tatort?" Solche Art Fragen konnten nur von Anton kommen.

„Nöö, ist nichts!", flunkerte Gisela. Ihr war gerade eingefallen, dass sie erst klären sollte, ob es sich überhaupt um menschliches Blut auf den Beweisstücken handelte. Um sich eine Blamage zu ersparen, war es wohl besser, zunächst eine Analyse vornehmen zu lassen. Aber durch wen? Bloß teuer sollte es nicht werden. Ob Kalle Rat wusste? Lieber wollte sie den zunächst da außen vor lassen, denn erst mussten mehr Fakten auf den Tisch. Plötzlich erinnerte sie sich wieder an den Gerichtsmediziner, Herrn Dr. Schäfer aus Bremen. Der hatte ihr nach Ottos Tod bereitwillig Fragen beantwortet. Bislang kannte sie seinen Namen nur aus zahlreichen Gerichtsakten, die im Laufe ihres Berufslebens auf ihrem Schreibtisch landeten. Es wäre wohl das Beste, ihn persönlich aufzusuchen. Sie könnte ihm das Hemd vorlegen und ihn um die Untersuchung der vermeintlichen Blutreste bitten. Was, wenn es sich um das Blut eines Tieres handeln würde? Aber schließlich waren da noch die Klebebandreste! Giselas Entschluss stand fest: Sie würde Dr. Schäfer aufsuchen und zwar allein. Jetzt musste ihr nur noch etwas einfallen, um bei Martin und Anton nicht erneut Verdacht aufkommen zu lassen. Ein Besuch bei Gaby könnte ein gutes Alibi sein. Bei einer Unterhaltung von Tante und Nichte kam der geduldige Martin ohnehin selten zu Wort. Während sich auf dem Bildschirm gerade ein neuer Mord abspielte, brachte Gisela ihr Anliegen vor: „Was macht ihr eigentlich morgen? Ihr wisst doch, dass ich mich mit Gaby treffe?" Die Herren wunderten sich nicht schlecht, dass Gisela beim Krimi nicht ganz bei der Sache war.

Am nächsten Morgen stattete Gisela den Lindemanns einen Besuch ab, um ihnen von dem Gruselfund zu erzählen, wobei sie Martin und Anton im Schlepptau mitnahm. Beide Lindemanns reagierten erschrocken auf den Bericht. Auch ihnen war nichts von einer Autoschieberbande bekannt. „Ich muss unbedingt mit Tegge sprechen", meinte Herr Lindemann. „Wenn ich es mir recht überlege, hat er die Halle kaum genutzt. Weshalb hat er dann die Pacht dafür bezahlt? Das ist doch alles eigenartig."

„Ich bitte Sie, behutsam vorzugehen. Sollte er etwas damit zu tun haben, dürften jetzt alle Alarmglocken bei ihm läuten. Aber sagen Sie, was hätten Sie getan? Hätten Sie die Sachen einfach liegen lassen? Was sollten wir machen? Wir konnten doch schlecht auf der Silberhochzeitsfeier nachfragen, wie wir uns verhalten sollten", meinte Gisela. „Offen gestanden, ich weiß auch nicht, wie ich gehandelt hätte. Es stimmt, die Polizei hätte das nicht als Notfall angesehen und wäre nicht unbedingt noch am selben Tag gekommen", erwiderte Herr Lindemann. „Am Ende handelt es sich gar um zwei Fälle. Oder wie soll man sich die gefundenen Sachen in der einen Ecke und die Farbreste in der anderen sonst erklären. Mein Gott, und das alles in unserem guten Osterbinde! Und dazu noch in einem Gebäude, das uns gehört, obwohl wir es nie von innen gesehen haben. Ob man die Sachen einfach verschwinden lässt?"

„Lass mal gut sein", meldete sich Frau Lindemann zu Wort. „Überlass das lieber mal Frau Koch. Wie ich sie kenne, bringt sie schon noch Licht ins Dunkel. Und du sprichst mit Tegge. Du kennst ihn doch gut."

„Gleich heute Nachmittag fahre ich zu ihm. Hoffentlich ist er da!"

Das beruhigte Gisela und sie machte sich auf den Weg nach Syke. Vor der Abfahrt lud sie den mit den Fundstücken gefüllten Müllsack in den Kofferraum. Von unterwegs rief sie Gaby per Handy an und beichtete ihr die Notlüge. Gisela konnte es zwar nicht sehen, doch sie stellte sich vor, wie Gaby kopfschüttelnd reagierte. Die versprach aber, Stillschweigen zu bewahren.

Nun galt es, die rechtsmedizinische Abteilung im Klinikum Bremen-Mitte zu finden. Auf dem Parkplatz öffnete Gisela den Kofferraum. Sie konnte schlecht den ganzen Sack mitnehmen. Jetzt müsste sie eine Schere haben, um ein Stück vom Hemd abzuschneiden. Meine Güte, weshalb hatte sie nicht an eine Schere gedacht? Ihr fiel ein, dass sie in der Handtasche ein kleines Maniküre-Etui hatte. Nun begann ein mühseliges Schnippeln und Schneiden mit der winzigen Nagelschere. Das kleine Werkzeug wurde dabei stark strapaziert, doch schließlich hielt Gisela ein Stück vom blutverschmierten Hemd in der Hand und verbarg es in einer kleinen sauberen Plastiktüte. Erst als sie fertig war, fiel ihr die größere Schere aus dem Verbandskasten ein.

Dann versuchte sie, sich für ihre Begegnung mit dem Gerichtsmediziner innerlich zu sammeln. Die Abteilung lag im Untergeschoss. Gisela nahm allen Mut zusammen, als sie am Sekretariat anklopfte. Es war nicht ganz leicht, zu Herrn Dr. Schäfer durchzudringen, doch dann stand er plötzlich in der Tür. „Ich möchte gern mit Ihnen etwas unter vier Augen besprechen", bat Gisela und setzte ihr charmantestes Lächeln auf. Dr. Schäfer bat sie in einen nüchtern wirkenden Nebenraum. Der Doktor dagegen war ihr sehr zugetan. Gisela stellte sich vor und entschuldigte sich für den Überfall. Sie rief ihm frühere Begegnungen, die berufsbedingt zustande gekommen waren, wieder in Erinnerung. „Was kann ich heute für Sie tun?", fragte er freundlich. Gisela erzählte von dem

Fund und nannte den Grund, weshalb sie nicht die Polizei verständigt hatte. „Ich möchte einfach nur wissen, ob es wirklich menschliches Blut ist. Wenn ja, kann ich die Sachen immer noch der Polizei aushändigen", erklärte Gisela.

„Haben Sie eine E-Mail-Adresse? Schreiben Sie die hier auf. Ich melde mich bei Ihnen. Kann ein bisschen dauern, weil ich noch etwas Dringendes zu erledigen habe. Ich mach das aber nur, wenn ich Sie danach zum Essen einladen darf."

Puh! Der Doc stellte Bedingungen! Gut, ein gemeinsames Abendessen wollte sie schon riskieren, das war ihr die Sache wert. Die Frage war nur, wie sie das Martin erklären sollte.

„Ich werde Sie jetzt nicht länger aufhalten. Bitte entschuldigen Sie nochmals den Überfall. Sie sind meine Rettung, wer sonst hätte mir helfen können?" Gisela zog es vor, sich zügig zu verabschieden, denn irgendwie wurde ihr die ganze Situation mit einem Mal ziemlich mulmig.

Auf dem Rückweg hatte Gisela die Idee, eine Überraschung für Martin und Anton zu besorgen, um die beiden bei Laune zu halten, denn die mussten sich zunehmend an ihre Alleingänge gewöhnen.

Überraschung? Das war gar nicht so leicht. Beide hatten alles, was sie brauchten oder konnten sich selbst jeden Wunsch erfüllen. Gisela erstand nach einiger Überlegung einen stattlichen Räucheraal, um die beiden damit milde zu stimmen, was ihr auch tatsächlich gelang.

In der Zwischenzeit stattete Herr Lindemann der Familie Tegge einen Besuch ab. Vorsichtig eröffnete er das Gespräch: „Manfred, hast du schon gesehen, dass die Lagerhalle abgerissen ist? Wenn die Baugenehmigung da ist, können die Arbeiter mit dem Neubau beginnen." Manfred Tegge hatte das natürlich zur Kenntnis genommen. So groß war Osterbinde auch nicht, dass den Einwohnern eine solche Aktion verborgen blieb.

„Hast du die Halle eigentlich gar nicht genutzt?", wollte Lindemann wissen und war gespannt auf die Antwort. „Als ich die Plantagen von Schulenberg gekauft habe, befürchtete ich, dass meine Lagerhalle nicht ausreichen würde. Ich konnte aber jedes Jahr die ganze Ernte bei mir lagern. Wozu sollte ich also auch noch die Kühlung der zweiten Halle bezahlen? Da war es war schon bequemer, alles auf einem Grundstück unterzubringen."

„Wann warst du denn das letzte Mal in der Halle? Kannst du dich erinnern?"

„Wenn ich ehrlich bin: Damals, als wir die Verträge besprochen haben. Ich habe verschwitzt, den Pachtvertrag vorzeitig zu kündigen. Für diese Schlamperei musste ich eben ein Jahr länger bezahlen, aber so teuer war es ja nicht. Warum fragst du eigentlich?"

„In der Halle hättest du sowieso keine Äpfel mehr lagern können. Offensichtlich sind da Autos umgespritzt worden. Wir haben das gerade erst festgestellt."

„Wenn ich das bemerkt hätte, wärst du doch als Erster informiert worden. Nee, ich habe nichts gesehen und weiß auch nichts davon."

Seine Antwort klang ehrlich. Wohlweislich erwähnte Lindemann nichts von den anderen Fundstücken. Tegge war als ehrliche Haut bekannt und es hätte Lindemann sehr verwundert, wenn Manfred Tegge in illegale Angelegenheiten verwickelt wäre. Allerdings hatte Tegge zwei erwachsene Söhne...

Abends gab es eine kleine Lagebesprechung, auf der Herr Lindemann von dem Besuch bei Herrn Tegge berichtete. Mit dem Hinweis auf dessen Söhne lieferte er Gisela einen weiteren Grund zum Nachdenken. Von ihrem Besuch bei Dr. Schäfer erwähnte sie nichts. Als sie am späten

Abend ihre E-Mails abrief, fand sie eine kurze Nachricht von Dr. Schäfer: „AB! Wann? Wo?" Gisela übersetzte für sich: Es sollte sicher Blutgruppe AB bedeuten, verbunden mit der Frage, wann das versprochene Essen wo stattfinden sollte. So ein Schelm, der Herr Doktor! Sie mailte ebenso kurz zurück: „Danke! Pos. oder neg? Evtl. nächsten Mittwoch. Wo ist egal!"

Hatte der sich ihr zuliebe doch tatsächlich gleich ans Werk gemacht. Wichtig war ihr nur das Ergebnis. Auch wenn die Antwort sehr knapp ausfiel, ging Gisela davon aus, dass es sich um menschliches Blut der Gruppe AB handelte. Bis zum nächsten Mittwoch blieben ihr noch fünf Tage, an denen ihr vielleicht eine gute Ausrede einfiel. Es war sicher nicht ihr Plan, dem Doktor den Kopf zu verdrehen. Irgendwie musste sie ihm das noch klarmachen. Aber wer wusste schon, ob sie nicht noch häufiger seine Hilfe brauchen würde. Deshalb war es wohl besser, ihn bei Laune zu halten.

Später suchte Gisela im Internet nach passenden Hotels und Ferienwohnungen auf Usedom. Interessante Angebote druckte sie aus, um die Entscheidung Martin und Anton zu überlassen. Etliche Villen waren sehr ansprechend. Einmal in einer schneeweißen Villa wohnen! Ihr Traum, in Ottos Villa in Bremen zu wohnen, war ja im letzten Jahr geplatzt. Allerdings war der Baustil keinesfalls vergleichbar, denn die Bäderarchitektur an der Ostseeküste war schon etwas Besonderes.

Am nächsten Tag wollte Gisela erneut Marek aufsuchen. Wie könnte sie es bloß anstellen, noch mehr über Pawel zu erfahren? Um Martin nicht wieder auszugrenzen, bat sie ihn um seine Begleitung. Der sagte sofort zu, denn er beschützte seine Gisela am liebsten auf Schritt und Tritt.

Sie trafen Marek am nächsten Vormittag in seinem Vorgarten an.

„Ich möchte Ihnen nur den Prospekt zurückbringen. Für dieses Jahr konnte ich meine Mitbewohner noch nicht zu einem Urlaub in Polen überreden. Wir werden aber nach Usedom fahren und einen Abstecher nach Misdroy machen. Wer weiß, vielleicht fahren wir später dahin, wenn wir uns alles einmal angesehen haben. Dann kommen wir gern auf ihr Angebot zurück. Bitte nehmen Sie es mir nicht übel, dass ich Sie umsonst bemüht habe."

„Das macht doch gar nichts. Kommen Sie, setzen wir uns ein Weilchen in die Sonne. Ich muss sowieso eine Pause machen. Ist wohl das

Wetter, das meinem Bein heute zu schaffen macht."

Martin zögerte, bekam aber einen unauffälligen Schubs von Gisela, durch das Gartentor zu gehen. Martin war es unangenehm, Marek eine Absage zu erteilen und es sich dennoch bei ihm gemütlich zu machen. Die Männer kamen aber schnell ins Gespräch über Garten und Gartenpflege. Marek wurde der liebevoll gepflegte Garten wegen seines Handicaps und seines Alters manchmal zur Last. Trotzdem wollte er nicht darauf verzichten. Mit dem Einzug in die Wohngemeinschaft hatte sich für Martin das Thema Gartenpflege erledigt und er vermisste diese Verpflichtung auch nicht. Hier in Osterbinde konnte er die Sonne unbeschwert auf Balkon oder Terrasse genießen.

Irgendwie musste Gisela endlich den Dreh kriegen und setzte an: „Ein Grund, weshalb wir doch lieber in Deutschland bleiben, ist die polnische Sprache, die uns dreien sehr fremd ist. Misdroy – nicht einmal das kann ich richtig aussprechen. Der Name Pawel Pawelowski ging mir gar nicht aus dem Kopf. Ist ja ein echter Zungenbrecher."

„So ging es mir hier in den Anfangsjahren. Deutsch zu sprechen, fiel mir auch nicht gerade leicht, aber meine Frau hat mir sehr geholfen. Ja, der Pawel! Moment, heute ist doch der fünfte Mai. Der 05.05.! Dann hat er heute Geburtstag, das konnte ich mir immer gut merken. Wenn ich bloß wüsste, was aus dem Jungen geworden ist. Vielleicht hat er genügend Geld verdient und sich selbstständig gemacht. Schön wäre es für ihn. Aber die anderen haben ja erzählt, dass es ihm nicht gut gehen soll."

Marek wollte gerade ins Schwatzen kommen, als Gisela es plötzlich ganz eilig hatte, wofür Martin nun wiederum kein Verständnis fand. Das hatte Gisela in ihren kühnsten Träumen nicht zu hoffen gewagt: So ganz zufällig hatte Marek Pawels Geburtsdatum genannt. Zufall oder Fügung? Gisela wusste es nicht. Sie hatte nun genug Informationen und gab als Grund für ihren raschen Aufbruch an, dass sie Anton nicht zu lange allein lassen wollten. So blieb auch Martin nichts anderes übrig, als sich anzuschließen.

„Schauen Sie gern wieder einmal vorbei", verabschiedete Marek beide.

Ausgelassen schlug Gisela ihrem Martin auf die Schenkel, als sie wieder im Auto saßen. Der fragte erstaunt: „Was macht dich denn plötzlich so glücklich?"

„Ich hab doch wieder ein neues Puzzleteil: Pawels Geburtsdatum!"

„Du verrennst dich da in etwas. Hättest du doch bloß ein anderes Hobby. Du suchst eine Leiche, die es vermutlich gar nicht gibt und einen unbekannten Verbrecher, dessen Motiv unklar ist. Nicht einmal zur Art des Verbrechens gibt es Hinweise. Kannst du dich nicht ruhig hinsetzen und lesen oder handarbeiten, so wie andere Frauen?"

„Ich warne dich! Wenn ich in diesem Fall weiter bin, stricke ich dir einen Pullover. Stricken kann ich zwar nicht, aber das kann ich ja lernen. Und glaube mir, der wird so hässlich und unförmig, dass du dir wünschen wirst, ich beschäftige meine grauen Zellen mit anderen Dingen. So wie jetzt zum Beispiel mit Detektiv spielen."

Martin hielt am Straßenrand und nahm Gisela fest in den Arm: „Was habe ich mir mit dir nur eingehandelt? Sag mir mal, weshalb ich dich sooo liebe?"

„Vielleicht gerade weil ich so bin, wie ich eben bin, mein Schatz?"

Zuhause brachten sie Anton auf den neusten Stand, der darauf die Fakten noch einmal zusammenfasste: „Du hast die mit Blut beschmierte Decke, das Hemd und die Klebe-bandreste und keine Ahnung, wie die Sachen dort hingekommen sind. Weiter gibt es die farbigen Mauersteine, die jetzt wohl auf irgendeiner Bauschuttdeponie gelandet sind. Du weißt, dass Tegge die Halle offensichtlich zwei Jahre lang nicht betreten hat. Das sagt uns, dass sich Fremde Zutritt in die Halle verschafft haben. Besteht ein Zusammenhang zwischen beiden Fällen? Dann erzählst du von diesem ominösen Pawel, geboren am fünften Mai, der sich plötzlich abgesetzt hat. Wenn der Mareks Aussage nach so fleißig war, hatte der doch überhaupt keine Zeit, sich nebenbei mit Verbrechen zu befassen. Wie willst du weiter vorgehen? Ich kann verstehen, dass es dir keine Ruhe lässt, aber was willst du unternehmen?"

Gisela war froh, dass sich auch Anton mit dem Thema befasste und sie ernst nahm. Trotzdem war ihr klar, dass sie von Anton am wenigsten Hilfe erwarten konnte. Moralische Unterstützung war allerdings auch nicht zu verachten.

„Ich habe sogar noch mehr Informationen, denn ich kenne die Blutgruppe des Opfers."

Wie aus einem Mund fragten Martin und Anton: „Wo hast du die denn her?" Sie staunten nicht schlecht, als Gisela den Besuch bei Dr. Schäfer beichtete. Giselas Alleingänge waren Martin nicht ganz geheuer. Am liebsten hätte er die Koffer gepackt und wäre sofort mit ihr und Anton in Richtung Süden gestartet, um seine

Liebste abzulenken, doch ihm war klar, dass er damit bei Gisela auf Granit stoßen würde.

„Was ist nun mit Usedom?", fing die nun an.

„Hier, schaut mal, in Ahlbeck habe ich eine ganz tolle Villa gefunden. Plätze sind auch noch frei, soll ich buchen? Wie lange wollen wir bleiben? Zwei Wochen doch bestimmt, oder? Mit welchem Wagen wollen wir fahren? Deiner ist schneller und bequemer. Beim Fahren können wir uns doch abwechseln."

„Dann lass uns in Gottes Namen übermorgen starten. Du hörst ja sonst doch nicht auf zu quengeln. Ich wäre zwar lieber etwas später gefahren, damit wir in der Ostsee schwimmen können. Aber du hast gewonnen. Dann buche mal für uns, oder was meinst du, Anton?"

Da Anton auf die Hilfe seiner beiden Mitbewohner angewiesen war, musste er sich ohnehin anpassen und sparte sich daher jeden weiteren Kommentar.

Am nächsten Tag war Kofferpacken angesagt. Gisela wollte noch schnell etwas Wichtiges für die Reise besorgen und fuhr mit dem Auto los. Martin rechnete schon wieder mit neuen Überraschungen. Doch nach kurzer Zeit war seine Traumfrau zurück und trug ein kleines Geschenkkörbchen in den Händen. „Was ist denn das?", fragte er erstaunt und schaute neugierig auf den Inhalt. Er entdeckte leckere Fruchtkonfitüren, getrocknete Apfelringe im Schokoladenmantel und eine Flasche Obstbrand, alles Spezialitäten aus Tegges kleinem Hofladen.

„Wen willst du damit beglücken?"

„Wer weiß, wozu es gut ist. Möglicherweise ist das ein verspätetes Geburtstagsgeschenk für einen gewissen Pawel? Es kann doch durchaus ein Vorwand sein, ihn zu sprechen."

„Wenn wir ihn überhaupt finden. Was hast du dir bloß in den Kopf gesetzt?"

„Wenn wir ihn nicht sprechen können, essen wir das eben selbst auf. Ist doch alles ganz lecker oder?"

„Na toll – im Hotel wohnen und das Essen mitbringen!"

Sie verschloss Martin kurzerhand den Mund mit einem dicken Kuss und meinte nur: „Vertrau mir doch. Alles wird gut!"

Nicht einmal Gaby und Kalle unterrichtete sie über den wahren Grund ihrer spontanen Reise nach Usedom und kam sich dabei nicht ganz fair vor. Den Lindemanns hatte sie nur ganz vage angedeutet, dass sie in Swinemünde nach Pawel suchen wollte. Ihr Ex-Chef und dessen Frau wurden ebenfalls nicht informiert, ihnen wollte sie eine Urlaubskarte schicken.

Am Samstag zu fahren war eine gute Idee, denn es gab kaum Lkw-Verkehr auf der Autobahn in Richtung Osten. Kurz hinter Rostock ließ Martin Gisela ans Lenkrad, nachdem sie eine kurze Pause gemacht hatten. Die lange Fahrt war für Anton ziemlich langweilig. Es war schon sehr lange her, dass er eine so weite Tour gemacht hatte. Aber er saß glücklich und zufrieden auf dem Rücksitz und unterhielt die beiden, manchmal auch mit ziemlich zweideutigen Witzen.

Das Wetter war traumhaft, als sie Ahlbeck erreichten. Sie beschlossen, erst einmal an den Strand zu gehen. Die Koffer konnten sie später auspacken. Gisela erntete viel Lob, weil ihre Wahl auf ein wunderschönes Hotel direkt an der Promenade gefallen war. Noch vor dem Abendessen spazierten sie auf der Promenade über Heringsdorf nach Bansin und wieder zurück.

„Schau mal hier, Anton. Hier gibt es richtig schicke Sweatshirts für dich. Dein blaues und auch das grüne solltest du mal ausrangieren. Sollen wir dich morgen mal beraten?"

„Danke, dass ihr euch um mich sorgt. Ich kann das ja nicht sehen und unterscheide immer nur danach, ob ich sie gern auf der Haut trage oder nicht."

Martin war ganz erleichtert, denn seine Gisela hatte statt Verbrecherjagd überraschend Bummeln und Shoppen im Kopf. Dennoch ahnte er, dass das wohl nur die Ruhe vor dem Sturm war. Abends genossen sie Wels-Filet mit hausgemachtem Kartoffelsalat und tranken ein Glas Wein dazu.

Später halfen sie Anton, sich in seiner neuen Umgebung zu orientieren. Gisela bemerkte, dass er die Schritte zwischen Bett und Bad und vom Bett zum Tisch zählte. Dann verstauten sie Antons Sachen in Schrank und Bad. Nichts lag mehr im Weg, auch der Koffer wurde da untergebracht, wo er kein Hindernis für Anton darstellte. Der war glücklich, so gute Freunde zu haben und freute sich schon auf die nächsten zwei Wochen. Martin hatte eher gemischte Gefühle, wenn er daran dachte, was da noch auf ihn zukommen könnte. Gisela war vor allem zuversichtlich, sie wollte beides miteinander vermischen: Erholung und Erkundigungen einholen.

Martin staunte nicht schlecht: Am Sonntag wurde kein Wort über den mysteriösen Fall in Osterbinde gesprochen. Die drei Urlauber erkundeten die schöne Insel, fuhren bis Zinnowitz und verweilten da, wo es für sie gerade reizvoll erschien. Dabei erklärten und beschrieben sie Anton alle Besonderheiten, damit auch er die Eindrücke auf seine Art verarbeiten konnte. Mit einem entspannten Abend und schmackhaftem Fisch ging ein wunderschöner Urlaubstag zu Ende. Den Männern blieb verborgen, dass Giselas Gedanken immer wieder um die Suche nach Pawel kreisten. Erst am nächsten Tag wollte sie beide mit ihrem Plan überraschen.

Gleich nach dem Frühstück schlug sie eine Fahrt nach Swinemünde vor. Anton grinste: „Und da willst du auf jedem Klingelschild nach dem Namen suchen oder wie hast du dir das vorgestellt?"

„Ist doch ganz einfach. Ich frage im Rathaus nach der Adresse. Schließlich habe ich den Namen und das Geburtsdatum. Was kann da noch schief gehen?"

Martin zweifelte an einem Erfolg: „Was ist mit Datenschutz? Sie werden doch nicht so einfach eine Anschrift bekanntgeben. In Deutschland wäre das doch gar nicht möglich, da muss man erst berechtigtes Interesse bekunden."

„Ja, in Deutschland! Lasst mich mal machen, ich schaffe das schon. Hauptsache, man spricht Deutsch. Sonst muss ich mir noch einen Dolmetscher suchen." Sie hatte die beiden Männer mal wieder rumgekriegt, denn am späten Vormittag starteten sie in Richtung Swinemünde. Am liebsten hätten sich Martin und Anton zuerst auf dem berühmten Polen-Markt umgesehen, doch Gisela überredete sie, den Besuch im Rathaus vorzuziehen. Heimlich hatte sie den Geschenkkorb im Kofferraum verstaut. Als das Rathaus im Zentrum der Stadt schon fast in Sichtweite war, bat Gisela Martin, einen Parkplatz aufzusuchen.

„Bitte wartet hier auf mich. Ich bin gleich wieder zurück. Mach mal bitte den Kofferraum auf!" Martin und Anton verstanden die Welt nicht mehr. Noch ehe sie etwas fragen konnten, schnappte Gisela sich das Mitbringsel und ging auf den Parkstreifen zu, wo etliche Taxifahrer auf Fahrgäste warteten. Aus der Entfernung sahen sie, dass Gisela den ersten Fahrer ansprach. Sie schüttelte den Kopf und wandte sich an den nächsten. Scheinbar hatte sie hier Erfolg, denn sie stieg in seinen Wagen.

Das Geschenk diente Gisela als Alibi. In ihrer gewinnenden Art erzählte sie erst dem Taxifahrer, später der Dame im Rathaus: „Wir kommen aus Deutschland und sollen für einen Bekannten ein nachträgliches Geburtstags-geschenk überreichen. Leider habe ich den Zettel mit der Anschrift zuhause gelassen. Ich weiß nur, dass wir das Geschenk bei Pawel

Pawelowski abliefern sollen. Er hatte am fünften Mai Geburtstag." Dabei hielt sie den in Folie verpackten Korb so, dass jeder den verlockenden Inhalt sehen konnte. Einer so netten Dame war der Taxifahrer doch gerne behilflich und übersetzte Giselas Anliegen in der Behörde für die Dame am Schreibtisch. Was erzählte er bloß alles? Soviel hatte sie ihm doch gar nicht gesagt. Nach einigem Hin und Her schaute die Frau in ihren Computer und schrieb schließlich die Adresse auf einen Zettel. Na bitte, es ging doch! Gisela bedankte sich ganz herzlich bei der Angestellten im Rathaus und verließ zusammen mit dem Taxifahrer das Gebäude. Dann bat sie den Fahrer, einen Moment zu warten. Er sollte sie zum Ziel bringen, doch zuvor wollte sie Martin und Anton von ihrem Erfolg berichten und sie bitten, dem Taxi zu folgen. Die Straße „ul. Ogrodowa" lag am anderen Ende der Stadt und es wäre sicher schwierig gewesen, allein den Weg dorthin zu finden. Als das Haus, in dem Pawel wohnte, in Sichtweite war, stieg Gisela wieder in Martins Wagen um.

„Was ist, kommst du mit?", fragte sie Martin. Für Anton war es besser, im Wagen zu warten. „Sicher, ich lass dich doch nicht allein. Wer weiß, was das für einer ist, dein Pawel?"

Dann kamen Gisela Zweifel, ob sie ohne Hilfe des Taxifahrers auskommen würden, denn ihr war nicht bekannt, ob Pawel Deutsch sprach.

„Los, komm! Wir versuchen es einfach! Wir sagen, dass das ein Geschenk von Marek ist. Wollen mal sehen, ob der Gute eher nach Täter oder Opfer aussieht."

Etwas bange war ihr schon, als sie mit Martin an ihrer Seite und dem Geschenk im Arm auf die Haustür zuging. Auf ihr Klingeln hin hörten sie Schritte und Stimmen hinter der Tür. Eine Frau, etwa in Giselas Alter, öffnete. Sie hatten Glück, denn sie sprach Deutsch, zwar nicht gut, aber eine Verständigung war möglich. Freundlich fragte Gisela nach Pawel und nannte den erfundenen Grund ihres Besuches. Die Frau wirkte durchaus sympathisch, drehte sich aber immer wieder um, als würde sie versuchen zu kontrollieren, was hinter ihrem Rücken passierte. Ihr Sohn sei nicht da, gab sie zu verstehen. Plötzlich heulte ein Motor auf, und sie hörten, wie ein Wagen davonraste. Gisela registrierte sofort, dass da wohl gerade jemand geflüchtet war. Pawel? Martin versuchte immer noch mit der Polin zu radebrechen. Bei anderer Gelegenheit hätte Gisela sich köstlich darüber amüsiert, aber jetzt war Eile geboten! Nervös zog sie Martin am Ärmel, doch der reagierte nicht. Offenbar hatte er die Situation nicht durchschaut. Inzwischen war es ohnehin zu spät, die Verfolgung aufzunehmen. Gisela ließ das Geschenk dennoch zurück: als Indiz für die Harmlosigkeit ihres Besuches. Als sie wieder im Auto saßen, war sie kurz vorm Platzen. Anton kam ihr zuvor: „Da hatte es aber jemand ganz eilig! Ich hab genau gehört, dass er erst links und gleich danach wieder rechts abgebogen ist. Wie es sich anhörte, war es ein alter Klein-wagen." Gisela beschloss: „Dann fahren wir den gleichen Weg und versuchen, ihn abzufangen, falls er zurückkommt. Sicher hat die Mama ihren Sohnemann schon per Handy verständigt, dass die Luft wieder rein ist. Ich schlage vor, den schnappen wir uns!"

Martin war das nicht geheuer: „Wenn der einfach abhaut, hat er doch etwas auf dem Kerbholz. Also, mir ist das zu heiß."

Die Warterei nervte alle drei gleichermaßen. Inzwischen meldete sich hörbar Antons Magen. Mittlerweile fand Gisela es auch müßig, noch weiter zu warten. Gerade als sie Martin zur Weiterfahrt auffordern wollte, bog ein klappriger, verschmutzter Polo um die Ecke und steuerte das bewusste Grundstück an. „Los! Fahr los, den schnappen wir uns", forderte sie Martin auf, der trotz seiner Bedenken den Motor startete und hinterher fuhr.

„Du gehst da aber nicht alleine rein", bestimmte Martin. „Ich komme mit!"

„Nein! Ihr bleibt im Wagen. Er wird doch keinen Verdacht schöpfen, wenn ich als „old lady" aufkreuze." Gerade als Martin zu einer Erwiderung ansetzen wollte, war Gisela schon aus dem Auto raus gesprungen und klingelte erneut an der Haustür. Die Zeit erschien ihr endlos, bis die Tür wieder von Pawels Mutter geöffnet wurde. Die hatte ihrem Sohn sicher das Geschenk gezeigt und kurz von dem Besuch erzählt. Die Frau versuchte, Gisela verständlich zu machen, dass ihr Sohn krank sei. Gisela ließ sich davon nicht beirren und beharrte darauf, ihn sprechen zu wollen. Die Küchentür öffnete sich einen Spalt breit und Gisela konnte die Umrisse eines jungen Mannes erkennen. Laut und deutlich rief sie seinen Namen, worauf er teils verlegen, teils ängstlich, die Tür ganz öffnete. Vor Gisela stand ein gut aussehender junger Mann, wenn auch etwas ungepflegt. Er war sichtlich angespannt. Es galt nun, sein Vertrauen zu gewinnen. Gisela war es mulmig zu Mute. Sie stellte sich vor und redete freundlich auf ihn ein: „Wir kommen aus Osterbinde und sollen Ihnen liebe Grüße von Marek ausrichten. Er macht sich große Sorgen, weil Sie sich nicht mehr gemeldet haben und lässt fragen, ob Sie krank sind." Weil Pawel stumm blieb und scheu zur Seite schaute, fragte sie ihn, ob er sie überhaupt verstehen könne.

„Mein Deutsch ist nicht so gut. Aber mir geht es gut", waren seine ersten Worte. Besänftigend redete Gisela auf ihn ein: „Ich sehe doch, dass es Ihnen nicht gut geht! Kann ich Ihnen helfen?"

„Mir kann keiner helfen!"

Pawel sah alles andere als nach einem Täter aus. Aber was war sein Geheimnis?

„Manchmal hilft es schon, einfach zu erzählen, was los ist. Möchten Sie mir etwas erzählen?"

„Nein!"

„Vielleicht können Sie hier nicht reden. Wie sieht es aus, darf ich Sie zum Essen einladen? Meine Freunde warten draußen im Wagen. Sie können ihnen vertrauen. Machen Sie sich ein wenig frisch. Ich warte solange draußen. Also bis gleich!"

Gisela verließ das Haus mit dem Gefühl, dass er kommen würde. „Das machst du nicht noch mal mit mir", rief Martin verärgert und wollte den Motor starten. „Wart noch, er kommt gleich, ich habe ihn nämlich zum Essen eingeladen. So wie der aussieht, tut er keiner Fliege etwas zuleide. Aber man muss ihm übel mitgespielt haben."

„Der kommt doch sowieso nicht", knurrte Martin. „ Lass uns fahren!"

„Ach bitte gebt ihm noch ein bisschen Zeit, sicher ist er gleich so weit", versuchte Gisela die Weiterfahrt zu verzögern und hörte sich wieder die ganze Litanei an: „Viel zu gefährlich! Was geht uns das überhaupt an? Genieße doch lieber deinen Urlaub! Und dann noch hier im Ausland! Es kommt doch sowieso nichts dabei raus!"

Gisela schaltete auf Durchzug. Dabei war ihr ziemlich klar, dass Martin ihr zuliebe warten würde. Der schaute ungeduldig auf die Uhr: „Schon fünf Minuten rum!"

In dem Moment erschien Pawel! Frisch geduscht, mit weißem Hemd zur sauberen Jeans. Scheu setzte er sich in den Wagen und begrüßte Martin und Anton. Gisela erzählte ihm von Antons Sehschwäche, denn die dunkle Sonnenbrille konnte Pawel irritieren. Dann fragte sie ihn, welches Lokal er empfehlen könne. Die Temperaturen ließen es zu, auf der Terrasse eines netten Restaurants sitzen zu können. Pawel machte noch immer den Eindruck, in Alarmbereitschaft zu sein und hockte auf einer Pobacke auf seinem Stuhl. Gisela wurde nicht aus seinem Gesichtsausdruck schlau. Sie meinte eine Portion Angst und Misstrauen, aber auch Neugier zu erkennen.

„Was empfehlen Sie uns? Wir sollten doch eine polnische Spezialität wählen", sprach Gisela ihn freundlich an. Er blieb einsilbig: „Bigos!"

„Aha! Und was ist das?"

„Mit Weißkohl, Sauerkraut, Fleisch und getrockneten Pilzen."

„Hört sich doch gut an. Was meint ihr, wollen wir das bestellen?"

Den Männern war es ziemlich egal, was auf den Tisch kam. Hauptsache es ging schnell, denn sie hatten Hunger.

Gisela versuchte aufs Neue ihr Glück: „Wir wohnen erst ein paar Monate in Osterbinde. Im letzten Jahr waren wir noch berufstätig und lebten in unterschiedlichen Orten: in Bremen, Harpstedt und Twistringen. Jetzt sind wir zusammengezogen und genießen den Ruhestand. Unsere Wohngemeinschaft ist im Hause der Familie Lindemann, das früher einem Herrn Schulenberg gehörte. Das Haus kennen Sie vielleicht, es steht gleich am Ortseingang, wenn man aus Richtung Neubruchhausen kommt. Der Nachbar Tegge besitzt in der Nähe große Apfelplantagen."

Insgeheim bewunderte Martin seine Gisela: Wie geschickt sie so ganz nebenbei den Namen Tegge fallen ließ. Es blieb ihm nicht verborgen, dass Pawel bei dem Namen zusammengezuckt war.

„Uns gefällt es sehr gut in Osterbinde. Wie oft haben Sie dort schon eine Apfelernte mitgemacht?" Gisela ließ nicht locker.

„Dreimal." Der junge Mann blieb einsilbig.

„Und kommen Sie im Sommer wieder?"

„Weiß noch nicht!"

„Der Marek macht sich große Sorgen um Sie, weil Sie sich im letzten Jahr gar nicht von ihm verabschiedet haben. Er wird Sie demnächst auch sicher mal besuchen, wenn er nach Swinemünde kommt. Ich finde, der Marek ist ein sehr netter Mann."

„Ja, Marek ist ein guter Mann", tatsächlich hatte Pawel gleich sechs Worte über die Lippen gebracht. Gisela, die ihm gegenüber saß, war nicht entgangen, dass Pawel auf Mareks Ankündigung fast panisch reagierte.

Anton verfolgte zwar interessiert das Gespräch, doch Pawels Mienenspiel blieb ihm verborgen. Er freute sich, dass das Essen endlich serviert wurde. Bigos schmeckte allen gut und sie beschlossen, es zu Hause auch einmal zu kochen. Pawel schien froh zu sein, dass die Fragerei wenigstens jetzt, beim Essen, unterbrochen wurde. Es war offensichtlich, dass Pawel sich in dieser Runde nicht wohlfühlte, obwohl alle drei sehr nett zu ihm waren. Inzwischen schien er aber zu glauben, dass es sich bei diesen drei Rentnern um harmlose Urlauber handelte. Nachdem er seinen Teller leer gegessen hatte, machte er den Eindruck, als wolle er die Runde unverzüglich verlassen.

„Warten Sie noch. Sicher möchten Sie noch einen Kaffee mit uns trinken", stoppte Gisela seinen Aufbruch. Sie war noch längst nicht zufrieden und begann weiter zu bohren. Dabei erfuhr sie, dass er zurzeit nicht arbeitete, weil er krank sei. Da man ihm äußerlich nichts ansehen konnte, fragte Gisela ihn nach seiner Krankheit aus und erhielt als knappe Antwort: „Seele, Sorgen!" Anders konnte er sich vermutlich nicht ausdrücken. Was hatte dieser Junge bloß auf dem Herzen? Was quälte ihn?

Nach dem ersten Schluck Kaffee fragte Gisela weiter: „Haben Sie auch Geschwister?"

Was jetzt passierte, hatte Gisela nicht einmal im Traum erwartet.

Pawel beugte sich plötzlich nach vorn, ließ seinen Kopf auf den Tisch sinken und fing an, bitterlich zu weinen. Den heißen Kaffee hatte er dabei umgestoßen und sich daran verbrannt. Doch die Schmerzen schien er gar nicht zu spüren. Er weinte hemmungslos, als hätte sich über lange Zeit eine Menge Druck angestaut.

Sollte er gerade zu Fremden so viel Vertrauen gefunden haben, dass er jetzt reden konnte? Martin und Anton waren erschrocken und hilflos zugleich. Gisela tauschte ihren Platz mit Martin, so dass sie jetzt neben Pawel saß. Ihren Arm legte sie um seine Schultern und versuchte, auf ihn einzureden:

„Ja, weinen Sie nur, wenn es Ihnen gut tut. Sie brauchen sich nicht zu schämen. Was ist los? Möchten Sie uns das nicht erzählen?" Und dann tröstete sie ihn: „Alles wird gut! Ganz ruhig – alles wird gut!"

Erschüttert hörten sie, was Pawel unter Tränen erzählte. Er machte einen völlig verzweifelten Eindruck, als sie von ihm erfuhren, dass es noch einen Zwillingsbruder gab: Andrzej.

Äußerlich glichen sich die Brüder wie ein Ei dem anderen. Zwei Jahre lang war Pawel allein in Osterbinde zur Erntesaison im Einsatz gewesen, während Andrzej auf einer Schiffswerft arbeitete. Doch dann beschlossen die beiden, zusammen nach Osterbinde zu gehen, obwohl nur Pawel eine Arbeitsgenehmigung einreichte.

Der arbeitete, wie in den Jahren zuvor, bei Tegge und wohnte mit seinem Bruder zusammen in einem Wohnmobil, das sie sich kurz vor ihrer Abfahrt in Polen zugelegt hatten.

Ihr ganzes Erspartes hatten sie ausgegeben, um sich ein erschwingliches und geeignetes Fahrzeug zu kaufen. Pawel wusste aus den Vorjahren, dass die Obstbauern für die Unterbringung der Erntehelfer zuständig waren. Somit konnte er nicht sicher sein, ob er überhaupt im Wohnmobil leben durfte, doch Pawel ging das Risiko ein. Da der alte Tegge Pawels Einsatz aus den Jahren zuvor bestimmt noch in guter Erinnerung hatte, würde er ihm sicher einen Strom- und Wasseranschluss ermöglichen. Es war eine verrückte Idee und die Brüder machten sich einen Spaß daraus, abwechselnd zur Arbeit zu erscheinen. Nur selten konnten sie in der Freizeit gemeinsam etwas unternehmen, weil einer von ihnen im Einsatz war. Manchmal machten sie mit dem Wohnmobil einen Abstecher nach Bremen. In Osterbinde oder in Bassum ließen sie sich nie zusammen sehen. Meistens fing Andrzej morgens mit der Arbeit an, mittags meldete er sich über Handy bei seinem Bruder, der ihn dann frisch und gut ausgeruht ablöste. Kein Wunder, dass Pawel dann noch als letzter arbeitete und sein tägliches Soll mehr als gut erfüllte.

Dann passierte etwas Unerwartetes. Andrzej verliebte sich in Tegges Schwiegertochter.

Pawel warnte seinen Bruder immer wieder, weil er nicht nur sich selbst, sondern gleichzeitig auch ihn in Gefahr brachte. Doch waren Andrzejs Gefühle stärker, wie auch die von Bianca Tegge, die erst vor einem halben Jahr bei den Schwiegereltern eingezogen war. Heimlich trafen sich die beiden abends in der leeren Lagerhalle auf dem Nachbargrundstück, wo sie sich ihr kleines Liebesnest eingerichtet hatten.

Nur selten unterbrachen die drei Freunde Pawels Bericht, der immer wieder von dessen Weinkrämpfen unterbrochen wurde. Beruhigend strich Gisela ihm sanft über Arm und Schulter. Es war gut, dass sie etwas abseits von den übrigen Gästen saßen. Pawel schien nach seiner Aussprache erleichtert. Vermutlich wusste außer ihm nur seine Mutter, was im letzten Sommer in Deutschland passiert war. Gebannt lauschten die Drei, als Pawel weiter erzählte. Der erklärte Andrzej danach immer wieder, dass seine Liebe keine Zukunft haben konnte und dass er wohl nur ein Abenteuer für Bianca bedeute. Doch er hörte nicht auf seinen Bruder und war bereit, alle Konsequenzen zu tragen, sollte sein heimliches Verhältnis bekannt werden. Pawel erinnerte sich genau, dass sein Bruder ihn morgens in aller Herrgottsfrühe weckte und ihn bat, schon morgens zur Arbeit zu gehen, weil er mit Bianca nach Bremen fahren wollte. An diesem Tag arbeitete er fast von Sonnenaufgang bis Sonnenuntergang, derweil sein Bruder sich in der Stadt vergnügte. Pawel war sauer und ärgerte sich darüber, dass er sich überhaupt auf das Abenteuer eingelassen hatte. Im nächsten Jahr, so plante er damals, würde er wieder allein zur Apfelernte kommen, es sei denn, sein Bruder würde ihn offiziell begleiten. So konnte es nicht auf Dauer bleiben: Er durfte schuften, sollte den Lohn auch noch teilen und Andrzej genoss das Leben mit seiner Geliebten. Genau das wollte er seinem Bruder am Abend mitteilen. Er konnte sicher sein, ihn in der Lagerhalle zu finden und es war ihm egal seinen Bruder beim Schäferstündchen zu stören.

Als es dunkel geworden war, schlich Pawel in die Lagerhalle und machte eine grausige Entdeckung. Er fand seinen Bruder gefesselt und mit eingeschlagenem Schädel in einer Blutlache auf. Von Bianca keine Spur. Voller Panik zog er damals seinem toten Bruder ein sauberes Hemd an und brachte ihn in seinen Wagen. Nachdem er ihm das Gesicht notdürftig gereinigt hatte, setzte er ihm sein Baseball-Cap auf. Den toten Bruder neben sich auf dem Beifahrersitz startete er noch in der gleichen Nacht in Richtung Heimat. Dabei nahm er in Kauf, dass der Mord unentdeckt und unaufgeklärt blieb. Wäre er zur Polizei gegangen, hätte er die illegale Beschäftigung seines Bruders melden müssen. Ihm blieb nicht verborgen, dass er selbst in großer Gefahr war. Was, wenn er mit dem Aussehen seines Bruders dem Mörder begegnet wäre?

„Weg! Nur weg hier, habe ich gedacht und es bis kurz hinter Schwerin geschafft. Ich konnte einfach nicht weiterfahren und habe auf einem Parkplatz übernachtet, denn schließlich hatte ich von morgens bis spät abends gearbeitet. Die Nacht mit Andrzej an meiner Seite werde ich nie vergessen", schloss er. Die drei waren erschüttert von dieser unglaublichen Geschichte, aber sie glaubten Pawel.

Als Erste stellte Gisela erneut Fragen, während sie Pawel ein wenig in den Arm nahm: „Sagen Sie, was haben Sie mit der Leiche gemacht? Ihr Bruder konnte doch auch hier nicht offiziell beerdigt werden."

„In der nächsten Nacht haben meine Mutter und ich im Garten ein Grab geschaufelt und ihn dort allein beerdigt. Mein Vater ist schon vor Jahren gestorben. Dann haben wir überall erzählt, dass Andrzej in Deutschland geblieben ist. Seitdem ist mir, als sei ein Teil von mir gestorben."

Offensichtlich hatte es Pawel gut getan, über die schrecklichen Geschehnisse zu sprechen. Erstaunlich, dass er den Fremden vertraute. Aber wem hätte er es sonst erzählen können? Womöglich hätte man noch angenommen, dass er selbst der Mörder seines Bruders war. Jetzt meldete sich Martin zu Wort: „Ich gebe Ihnen einen guten Rat: Vertrauen Sie Frau Koch. Sie wird sich Ihrer Sache annehmen, ohne Sie dabei in Gefahr zu bringen. Und glauben Sie mir, ich werde ihr dabei helfen, soweit es möglich ist."

„Aber mein Bruder wird davon nicht wieder lebendig!"

Gisela meinte daraufhin: „Ein Mord muss aufgeklärt werden. Pawel, die Lagerhalle wurde inzwischen abgerissen. Zufällig haben wir kurz davor das blutige Hemd, eine blutverschmierte Wolldecke, einen Hammer und die Klebebandstreifen gefunden und sichergestellt. Ich weiß noch nicht, wie ich vorgehen werde, aber Sie können sicher sein, dass wir den Mörder finden. Wir sollten unbedingt in Verbindung bleiben. Eins ist wichtig: Vertrauen Sie uns!"

Dann gestand Gisela, dass sie durch Marek auf seine Spur gekommen seien und dass dieser keineswegs um die Überreichung des Geschenkkorbes gebeten habe. Pawel glaubte ihnen. Dennoch war für ihn schwer zu verstehen, dass es Menschen gab, die sich in ihrer Freizeit freiwillig mit der Aufklärung mysteriöser Verbrechen befassten. Gisela sagte sich: „Ich werde so vorgehen, wie bei Ottos Tod. Erst wenn ich genau weiß, wer der Mörder ist, können Kalle und Michael einschreiten und ein Geständnis herbeiführen."

Vermutlich gab es keinerlei Zeugen. Keine? Immerhin war es möglich, dass der Mord im Beisein von Bianca geschah. Den Plan für ihre Vorgehensweise musste sie sich erst bereit legen, noch war alles viel zu konfus. Erst einmal galt es, einen klaren Kopf zu bekommen, am besten allein.

Gisela schlug vor, sich in zwei oder drei Tagen erneut zu treffen. Pawel war einverstanden. Für ihn wurde es Zeit, nach Hause zu fahren. Vermutlich machte seine Mutter sich große Sorgen um ihn. Pawel schlug ein Treffen im Hause seiner Mutter vor. Sie einigten sich auf den kommenden Mittwoch, also in zwei Tagen.

Für alle war es wichtig, etwas Abstand zu dem Ganzen zu gewinnen. Sie setzten Pawel vor seiner Haustür ab, nachdem sie sich herzlich von ihm verabschiedet hatten. Eine Herzlichkeit zwischen Menschen, die sich vor ein paar Stunden noch nicht einmal kannten.

Auf der Rückfahrt sagte zunächst keiner ein Wort. Nicht einmal Anton versuchte, die Stimmung durch irgendwelche Sprüche oder Witze aufzulockern, so wie man es sonst von ihm gewohnt war.

Erst als Ahlbeck schon wieder in Sicht war, fing Martin an: „Wie gut, dass du die Sachen sichergestellt hast! Den Hammer hast du doch auch, oder? Da könnten wichtige Fingerabdrücke und DNA-Spuren zu finden sein."

Jetzt war es Gisela, die entgegen ihrer Art fast einsilbig antwortete: „Ja, hab ich."

„Der arme Junge, was hat der bloß mitgemacht! Er tut mir so leid. Junge ist gut, er ist ein erwachsener Mann, der durch die Geschehnisse seine Selbständigkeit und sein gesundes Selbstbewusstsein verloren hat. Erzählt mal, wie sieht er eigentlich aus?" Auch Anton hatte die Sprache wiedergefunden und ließ sich Pawels Aussehen beschreiben.

Martin fing an: „Er ist etwas größer als du und sehr schlank, hat blonde Haare und blaue Augen. Sein Gesicht ist richtig verhärmt, er sieht viel älter aus. Fünfundzwanzig soll er doch sein, oder?" Dabei sah er Gisela an, die sich auffällig ruhig verhielt. Doch dann raffte sie sich auf: „Ist dir das auch aufgefallen? Zuerst mochte er uns gar nicht in die Augen sehen. Allenfalls hat er nur auf Antons dunkle Brille geschaut. Nachdem er uns alles erzählt hatte, war sein Blick offen. Was muss er alles durchgemacht haben! Und wie man sieht, ist er immer noch nicht damit fertig. Für die Mutter muss das doch auch schlimm sein. Erst verliert sie ihren Mann, dann einen Sohn. Und der zweite ist depressiv und nach wie vor nicht in der Lage zu arbeiten. Wovon sie wohl leben? Sind wir uns einig und engagieren uns?"

Anton war sofort dabei. Wenn er auch kaum tatkräftige Unterstützung leisten konnte, so sagte er zumindest finanzielle Hilfe zu. Martin war bereit, Gisela zu helfen, warf aber ein: „Du musst mir versprechen: Wenn es gefährlich wird, holen wir Kalle und Michael dazu oder gehen gleich zur Polizei. Bring dich nicht wegen anderer Leute in Gefahr, die Sache ist ganz schön riskant." Von Gisela kam wieder nur ein kurzes: „Ja, ja!"

Beim Abendessen gab es nur ein Gesprächsthema: Pawel, dessen grausame Erlebnisse sie lebhaft diskutierten. Gisela überraschte ihre beiden Begleiter mit der Entschuldigung, sich wegen Migräne zurückzuziehen. In Wirklichkeit hatte sie keine Kopfschmerzen, es war nur ein Vorwand. Sie verspürte den starken Wunsch, allein zu sein, um einen klaren Kopf zu bekommen. Ihre Gedanken wanderten zurück in die Zeit ihrer Berufstätigkeit. Da war ihr Tag voll ausgefüllt, denn Überstunden, die sie häufig freiwillig machte, standen regelmäßig auf der Tagesordnung. Abends und an den Wochenenden war sie allein, konnte ihren Gedanken nachhängen und sich auf den nächsten Tag konzentrieren. Die Einsamkeit, die damit einher ging, ignorierte sie damals.

In den letzten Tagen wünschte sie sich manchmal, allein zu sein. Eine latente Unzufriedenheit stieg in ihr hoch, aber gerade das versuchte sie wegzuschieben. Warum konnte sie nicht zufrieden sein? Wo es ihr doch eigentlich an nichts fehlte. Oder fehlte da am Ende doch etwas? Ihr Wunsch war es gewesen, die Senioren-WG zu gründen. Das hatte sich so positiv entwickelt, wie es besser nicht sein konnte. Dadurch lernte sie ihren Martin kennen, der bereit war, alles für sie zu tun. Fast alles, denn manchmal versuchte er, sie zu bremsen. Und Anton? Ihre Wahl war auf ihn gefallen, kein Zweifel, auch er war ein herzensguter Mensch. Ab und zu nervte er sie mit seinen flotten Sprüchen, denn nicht immer fand er den richtigen Moment dafür. Bei den Lindemanns einzuziehen, war die richtige Entscheidung gewesen. Weshalb nagte da etwas an ihrer

Zufriedenheit? Sie spürte in sich den Drang, noch mehr als bisher mit der Aufklärung ähnlich gelagerter Fälle zu befassen. Natürlich nur, wenn sie zufällig auf solche stoßen würde, sie brauchte ja nicht gerade danach zu suchen. Könnte sie sich doch nur in Kalles Detektei nützlich machen!

Gisela musste unbedingt auf andere Gedanken kommen und wählte Gabys Nummer. Die freute sich riesig über den Anruf ihrer Tante, denn sie hatte eine Neuigkeit parat: „Stell dir vor, Gisela: Bei uns gibt es bald eine Hochzeit. Michael und Nadine werden heiraten. Ist das nicht toll? Ich freue mich schon sehr darauf. Anfang Juni soll die Hochzeit sein. Wird ja auch Zeit, wenn das Baby im August kommen soll! Ihr seid alle eingeladen!" Na, wenn das keine Neuigkeit war! Gisela freute sich mit Gaby und die beiden Frauen überlegten schon, was sie auf dieser Feier anziehen könnten. Es war sehr unpassend, Gaby jetzt von Pawel zu erzählen. Das musste unter diesen Umständen warten. Nachdem sie das Gespräch beendet hatten, fingen ihre Gedanken erneut an, um den Mord in Osterbinde zu kreisen. Doch an diesem Abend kam kein richtiger Plan zustande. Wäre ihr Urlaub doch schon vorbei, dann stünde ihren Nachforschungen nichts mehr im Weg!

Der Verstand übertönte jetzt doch das Gefühl und sie nahm sich vor, das Beste aus diesem Urlaub zu machen. Sie hatte kein Recht, Martin und Anton den Urlaub zu vermiesen, zumal sie beide dazu überredet hatte.

Gerade als sie sich aufraffen wollte, um den Männern wieder Gesellschaft zu leisten, kam Martin, um nach ihr zu sehen. Auch bei ihnen hatte die Begegnung mit Pawel Spuren hinterlassen und so beschlossen sie, früh schlafen zu gehen.

Es war schon kurz vor Mitternacht, als Giselas Handy klingelte. Gaby meldete sich noch einmal ganz aufgeregt: „Ich hoffe, du schläfst noch nicht. Du kannst dir gar nicht vorstellen, was passiert ist!" Ihre Stimme überschlug sich vor fast Freude: „Vor mir steht ein Strauß mit fünfzig roten Rosen. Damit hat Kalle um meine Hand angehalten. Ist das nicht fantastisch: Es wird eine Doppelhochzeit geben! Ich bin ja so glücklich! Gaby Korn, das klingt doch gut, oder? Bei den Trauzeugen haben wir an dich und Martin gedacht."

Noch einmal freute Gisela sich von Herzen mit ihrer Nichte. Ohne Martin vorher zu fragen, erklärte sie sich gern bereit, als Trauzeugin an der Feier teilzunehmen. Martin fühlte sich direkt geschmeichelt, als er später von seiner Rolle als

Trauzeuge erfuhr. Wie dicht doch Freud und Leid an einem Tag beieinander liegen konnten. Das bedeutete aber auch, dass sie jetzt weder Kalle noch Michael mit der Pawel-Angelegenheit konfrontieren konnte. Es musste in Syke zunächst ein Tabu-Thema bleiben. Gisela war also ziemlich allein auf sich gestellt, weil sie nur wenig Unterstützung durch Martin erwarten konnte.

Der nächste Tag war dazu gemacht, den Urlaub auf Usedom zu genießen, denn es herrschte eitel Sonnenschein. Doch alle drei hatten nur eins im Kopf: den Mordfall in Osterbinde. Sie schlenderten wieder über die Promenade von Ahlbeck über Heringsdorf bis nach Bansin. Egal, ob sie sich auf einer Bank ausruhten, Hunger oder Durst in einem Lokal stillten, einer fing immer an, von Pawel zu sprechen.

„Man sollte sich zuerst Bianca vornehmen. Hast du eigentlich deine Kamera mit?", fragte Gisela. „Ich nicht, ich fotografiere so selten", unkte Anton. Martin hatte seine zum Glück nicht vergessen.

„Oh ja, ich mach ein paar schöne Selfies von uns. An-Gi-Ma auf Usedom, das klingt doch gut."

„Fotos von uns kannst du auch machen. Es kann nicht schaden, ein Foto von Pawel mit der deutlich erkennbaren Schlagzeile aus der aktuellen Bild-Zeitung zu machen. Und das zeige ich Bianca! Wie sie wohl darauf reagiert? Wenn sie nichts von Andrzejs Tod weiß, muss sie doch annehmen, dass er noch lebt. Die Existenz seines Zwillingsbruders ist ihr vermutlich nicht bekannt, es sei denn, Andrzej hat ihr davon erzählt. Wer weiß, wen man sonst noch mit diesem Foto aus der Reserve locken kann!"

Auch Anton formulierte, was ihm durch den Kopf ging: „Ich stell mir immer folgendes vor: Da hat jemand einen Menschen umgebracht. Es liegt doch auf der Hand, dass die Leiche verschwinden muss. Während der Täter noch überlegt, wie er das am besten anstellt, sieht er aus der Ferne, dass ein anderer ihm diese heikle Arbeit abnimmt. Pawel kann nur froh sein, dass es schon dunkel war und der Täter ihn nicht erkennen konnte."

Gisela befasste sich mit anderen Gedanken: „Der Mörder ist ja vermutlich in der Familie Tegge zu suchen. Da wären der Ehemann von Bianca, sein Bruder und der Senior. Das größte Motiv hatte doch wohl Biancas Mann. Wenn es wirklich so ist, konnte sie sich danach wieder neben ihren Mann ins Bett legen und sich noch von ihm anfassen lassen? Unglaublich!

Sagt mal, was machen wir eigentlich mit den Lindemanns? Sie wohnen schon so lange in Osterbinde und kennen die Tegges und die Einheimischen besser und länger als uns. Ist es richtig, sie über alles genau zu informieren?"

Die letzte Frage wollten sie erst auf der Rückfahrt klären, aber das dauerte noch lange – für Gisela viel zu lange.

„Warum schließt du eigentlich Bianca aus? Auch sie könnte die Mörderin sein", fragte Martin die „Expertin".

„Ich bitte dich, Schatz. Eine Frau begeht keinen Hammermord!

Und ein Motiv hatte sie doch auch nicht. Weshalb sollte sie ihren Liebhaber umbringen?

Etwas geht mir nicht aus dem Kopf: Wenn der Mörder beobachtet hat, dass die Leiche abtransportiert wurde, weshalb hat er nicht die Spuren beseitigt? Das zu unterlassen war doch geradezu dumm!"

Sie rätselten und spekulierten, ohne auch nur ein Stück weiterzukommen. Gisela wusste genau, dass es Martin und Anton am liebsten wäre, den Fall einfach abzuhaken.

Sie hatte sich angewöhnt, Pawel Pawelowski heimlich ganz einfach in Paul Paulsen umzutaufen. Den wirklichen Namen auszusprechen, fiel ihr immer noch schwer.

Als sie am Mittwoch vor Pawels Tür standen, musste sie aufpassen, um seine Mutter nicht einfach mit Frau Paulsen anzusprechen. Die kredenzte ihren Gästen einen leckeren Schoko-Quark-Kuchen, ebenfalls eine polnische Spezialität. Martin wollte wissen, weshalb Pawels Mutter so gut Deutsch sprechen konnte. Sie erfuhren, dass sie viele Jahre lang auf dem bekannten Polen-Markt an der Grenze gearbeitet hatte. Dort hatte sie Tischdecken in allen Variationen verkauft. Man sah es der Wohnung an, dass Tischdecken ihre Leidenschaft waren, denn auf jedem Tisch und Schrank konnte man eine davon finden. Reichlich bunt war es deshalb in der Wohnung und gleichzeitig pieksauber.

Mutter und Sohn betonten immer wieder, wie befreit sie waren, ihr schreckliches Geheimnis preisgegeben zu haben. Sie fühlten es bei ihren Gästen gut aufgehoben.

Andrzejs gewaltsamer Tod hatte das Leben seiner Mutter und seines Bruders total auf den Kopf gestellt und sie fast aus der Bahn geworfen. Nun fassten sie Vertrauen zu diesen Deutschen, die plötzlich in ihrem Leben aufgetaucht waren.

Bereitwillig ließ Pawel sich mit der Bild-Zeitung in der Hand fotografieren. Auch er hielt es für möglich, dass das Foto der Wahrheitsfindung dienen könnte. Sie vereinbarten noch ein weiteres Treffen, nachdem Gisela vorschlug, gemeinsam nach Misdroy zu fahren. Es hatte den Anschein, als würden sich alle Fünf darauf freuen. Dann konnte sie wenigstens Marek von dem Abstecher erzählen. Den „Paulsens" bedeutete das eine willkommene Abwechslung und Gisela und ihre Männer hatten gleich zwei Dolmetscher dabei.

Für Gisela schleppten sich die Tage nur so dahin. Es war ihr nicht möglich, sich fallen zulassen und den Urlaub zu genießen. Der Tag in Misdroy bot Abwechslung, ebenso eine Schiffsfahrt rund um die Nachbarinsel Rügen.

Vor der endgültigen Abreise versprachen sie Pawel, telefonisch oder schriftlich in Verbindung zu bleiben. Zur Verabschiedung war er extra nach Ahlbeck gekommen und trug ein Geschenk seiner Mutter in der Hand: eine Tischdecke für Gisela.

Die bat Pawel, ihr noch einmal kurz den Ablauf des Tages zu beschreiben, an dem Andrzej starb. Bis neunzehn Uhr war er bei der Arbeit gewesen. Zu dem Zeitpunkt stand das Wohnmobil wieder am gewohnten Platz. Danach duschte er und bereitete sich das Abendessen; seinen Bruder hatte er morgens beim Frühstück zuletzt gesehen. Andrzej hatte ihm ein paar Tage zuvor vom heimlichen Plätzchen in der Lagerhalle erzählt.

Deshalb vermutete Pawel, dass er sich auch an diesem Abend dort mit Bianca traf. Weil er sauer auf seinen Bruder war, wollte er ihm ins Gewissen reden. Gleich nach dem Wetterbericht im Anschluss an die Tagesschau betrat er zum ersten Mal die Halle, wo er seinen toten Bruder fand. Er ging davon aus, alleine in der Halle zu sein, sicher sein konnte er allerdings nicht, weil es schon zu dunkel war. Pawel vermutete, dass die Tat kurz zuvor begangen worden war, da Andrzejs Leichnam sich noch warm anfühlte. Zum Schluss stellte Gisela noch eine ganz andere Frage. Sie wollte wissen, ob Pawel etwas über die Autoschiebereien wusste. Doch darüber war ihm nichts bekannt.

Als der Wagen in Richtung neue Heimat startete, stand Pawel winkend da und wischte sich verstohlen die Tränen aus dem Gesicht.

Unterwegs tauchte erneut die Frage auf, ob sie den Lindemanns alle Einzelheiten über die Treffen mit den „Paulsens" anvertrauen sollten. Zunächst wollten sie abwarten, ob ihre Vermieter überhaupt Interesse zeigten. Sollten die gespannt auf Neuigkeiten über den Fall sein, gäbe es genug zu erzählen. Obwohl sie Marek und seine Frau sympathisch fanden, hielten sie es für besser, das Treffen mit Pawel zu verschweigen.

Zurück in der Heimat staunten sie über die jetzt in voller Blüte stehenden Apfelbäume. Wie schnell war Gisela doch in Osterbinde heimisch geworden. Den Anblick der schmucken Bauernhäuser in der ländlichen Umgebung hatte sie in den letzten Tagen manchmal richtig vermisst.

Gisela war froh, wieder in den eigenen vier Wänden zu sein. Den Männern ging es ebenso, beide hatten die Entscheidung zugunsten der Wohngemeinschaft noch nie bereut.

Ungeduldig wartete Gisela auf die erste Begegnung mit den Lindemanns. Da die großes Interesse zeigten, erzählten sie abends zu dritt von ihren Treffen mit Pawel und seiner Mutter in Polen. Auch Lindemanns reagierten bestürzt und besorgt bei der Vorstellung, ein Mörder wäre womöglich nicht weit.

„Gleich morgen werde ich versuchen, ein Treffen mit Bianca zu arrangieren. Mal sehen, wie sie auf das Foto von Pawel reagiert. Ich werde es gleich ausdrucken", kündigte Gisela an. Damit stieß sie auf die ersten Schwierig-keiten, denn sie erfuhr, dass die junge Frau Tegge nicht mehr auf dem Hof lebte. Ganz

Osterbinde habe sich darüber gewundert, angeblich war die kurze Ehe schon geschieden. Frau Lindemann äußerte ihre Bedenken: „Das wird aber schwierig sein, den derzeitigen Wohnort zu finden. Soweit ich mich erinnere, kam sie aus Sulingen. Den Geburtsnamen weiß ich nicht mehr."

Martins Reaktion kam prompt: „Da machen Sie sich mal keine Sorgen. Unsere Frau Koch ist ein Fuchs, die kriegt alles raus, wenn sie es will."

Mit einem Glas Rotwein besiegelten sie Stillschweigen über den Fall. Zu einem anderen Zeitpunkt hätte Gisela selbstverständlich Kalle, Michael und somit auch Gaby ins Boot geholt. Doch die steckten in ihren Hochzeitsvorbereitungen. Abends rief Gisela noch in Syke an, natürlich ohne dabei von ihren Recherchen zu berichten. Das Unausgesprochene steckte ihr wie ein Kloß im Hals.

Gaby freute sich, dass ihre Tante wohlbehalten aus dem Urlaub zurück war. „Ich habe noch kein Kleid für die Hochzeit gekauft, denn ich wollte dich bitten, mich dabei zu beraten. Nadine hat einen ganz anderen Geschmack, deshalb möchte ich lieber mit dir die Geschäfte unsicher machen. Was meinst du, hast du Lust dazu?"

Keine Frage, Gisela sagte ihre Hilfe zu. Dabei könnte auch sie sich nach etwas Passendem umsehen und ein bisschen Ablenkung wäre sicher nicht schlecht. Der Mörder würde schon nicht gleich weglaufen.

„Sag mal, kommt Lotte auch?", fragte Gisela. Gabys Mutter war Giselas Schwester, die in Süddeutschland lebte. Dass sie sich eigenartig verhielt, hatte sie erst beim letzten Besuch zu Weihnachten wieder neu bewiesen.

„Stell dir vor, sie hat abgesagt! Und glaub mir, ich bin nicht mal traurig deshalb. Mit ihrer Leichenbittermiene hätte sie uns noch die ganze Feier verdorben. Schön, dass du an diesem Tag als Freundin, Tante und Mutterersatz in einer Person bei mir bist." Die beiden plauderten noch eine ganze Weile miteinander und Gisela fiel es schwer, das zu verschweigen, was sie zurzeit am meisten bewegte. Für die Shopping-Tour verabredeten sie sich bereits am nächsten Nachmittag.

Martin packte oben seine Koffer aus und war danach auch Anton behilflich. So fand Gisela noch Zeit, die eingegangenen E-Mails zu lesen. Dass ihr heimlicher Verehrer Herr Dr. Schäfer gleich viermal geschrieben hatte, verwunderte sie sehr. In der ersten erinnerte er sie an das zugesagte Treffen. In der zweiten bat er sie, sich dringend zu melden. In der dritten sprach er schon von bitterer Enttäuschung und steigerte sich dabei noch in der letzten, die am Vortag eingegangen war. Um ihn zu beruhigen, entschloss sie sich, ihm gleich zu antworten. Bereitwillig und umgehend hatte sie von ihm vor Tagen eine Antwort auf ihre Fragen erhalten. Somit konnte sie auf jeden weiteren Kontakt verzichten. Doch war das fair? Wer wusste, was das Leben ihr noch bescheren würde? Vielleicht noch einen Mordfall? Vielleicht brauchte sie seine Hilfe noch ein weiteres Mal. Deshalb mailte sie zurück: „Hallo, Herr Dr. Schäfer, bitte entschuldigen sie, dass ich mich erst jetzt bei Ihnen melde. Ich war mit meinem Lebensgefährten zwei Wochen verreist. Möchte das Versäumte nachholen und Sie zu uns einladen. Sagen Sie, wann es Ihnen passt und glauben Sie mir, dass ich die Verabredung nicht vergessen habe. Freundliche Grüße Gisela Koch."

„Liebe Frau Koch,

wie schön von Ihnen zu hören. Allerdings habe ich mir ein Treffen zu Zweit vorgestellt. Ich verlasse mich darauf, dass Sie sich, wie versprochen, für meine Gefälligkeit revanchieren. Schlagen Sie doch Ort und Zeit vor. Ich warte!

Ihr Hans Schäfer."

Der sollte ruhig noch etwas warten. So stressig hatte Gisela sich ihr Rentnerdasein nicht vorgestellt. Früher konnte sie sich einen Vorgang nach dem anderen vornehmen. Jetzt wollten alle gleichzeitig etwas von ihr. Gedanken an Martin, Anton, Gaby und Kalle, an die Lindemanns und an Pawel mischten sich in ihrem Kopf. Morgen früh würde sie unter einem Vorwand bei der Gemeindeverwaltung erscheinen, um die Anschrift von Bianca zu erfragen. Aber wie konnte sie die Zuständigen davon überzeugen, dass sie die neue Adresse unbedingt brauchte?

Am nächsten Morgen startete Gisela direkt nach dem Frühstück mit einem großen Bildband über Usedom im Arm. In der Verwaltung suchte sie das Einwohnermeldeamt auf. Dort fragte sie nach Biancas Anschrift. Wie sie befürchtete, verweigerte man ihr zunächst die Auskunft mit Verweis auf den Datenschutz. Sie versuchte es erneut: „Mir wurde bekannt, dass die junge Frau Tegge nicht mehr im Haus ihrer Schwiegereltern wohnt. Gerade deshalb möchte ich dort nicht nachfragen. Sie hatte mir diesen kostbaren Bildband überlassen, den ich ihr unbedingt zurückgeben muss. Mir ist aus meiner früheren Tätigkeit in einer Anwaltskanzlei bekannt, dass Sie die Daten nicht ohne weiteres an Dritte weitergeben dürfen. Wenn es kostenpflichtig ist, zahle ich selbstverständlich dafür." Dabei setzte sie ihr unschuldigstes Gesicht auf und lächelte den jungen Mann hinter dem Schreibtisch an. Der zögerte eine Weile, schaute über seinen Brillenrand in Giselas Gesicht und schickte sie zur Gemeindekasse. Als sie mit der Quittung in der Hand zurückkam, erhielt sie von ihm die erhoffte Anschrift von Bianca, die jetzt in Sulingen wohnte.

Gleich nach dem Date mit Gaby wollte Gisela versuchen, Bianca Tegge persönlich zu sprechen.

Es tat ihr gut, Gaby wiederzusehen und sie in die Arme zu nehmen. Im dritten Geschäft wurden sie fündig und kauften ein schickes Kleid für Gaby, dazu einen passenden Blazer. Für den farblich darauf abgestimmten Hut konnte Gaby sich nicht spontan entschließen, doch dank Giselas Überzeugungskunst wanderte schließlich auch der in die Einkaufstüte. Gisela ließ sich von Gaby und der Verkäuferin zu einem eleganten Kleid überreden.

Lachend fragte Gaby: „Was ist jetzt? Gehen wir zu dir oder zu mir?" Dabei hoffte sie, dass Gisela noch mit nach Syke kam, doch die hatte etwas anderes vor. Gisela musste ihre Nichte enttäuschen, schließlich lag Sulingen nicht auf dem Weg nach Osterbinde. Also verabschiedete sie sich mit dem Vorwand, noch etwas erledigen zu müssen. Da sie sich nicht weiter dazu äußerte, war es Gaby klar, dass sich ihre Tante jetzt um ein passendes Geschenk kümmern wollte. Warum sonst wäre sie jetzt so zugeknöpft, ganz im Gegensatz zu ihrer sonstigen Art?

Es dauerte eine geraume Zeit, bis Gisela zur Rushhour ihr Ziel erreichte, zudem in beiden Richtungen einige Trecker den Verkehr behinderten.

Vier Namenschilder waren an der Haustür angebracht, auf einem stand der Name Tegge. Ihr war eigenartig zu Mute, als sie auf den Klingelknopf drückte. Niemand öffnete, auch nicht, als sie noch ein weiteres Mal schellte. Zu blöd! Sollte sie die Fahrt umsonst gemacht haben? Sich telefonisch anzumelden, hätte überhaupt keinen Sinn gemacht, denn sie wusste ja nicht, ob Bianca Mitwisserin, Mittäterin oder Zeugin war. Gerade als sie ziemlich enttäuscht wieder in den Wagen steigen wollte, kam eine junge Frau mit dem Fahrrad um die Ecke gesaust und steuerte auf das Haus zu. Sie schloss die Haustür auf und wollte gerade das Rad mit in den Hausflur nehmen, als Gisela sie noch einholte.

„Bitte entschuldigen Sie, sind Sie Frau Tegge?" Nachdem sie diese Frage bejahte, stellte Gisela sich vor und bat um ein Gespräch. Bianca war eine hübsche schlanke Frau, Mitte zwanzig.

„Was kann ich für Sie tun? Ich komme gerade von der Arbeit und wollte eigentlich meinen Feierabend genießen. Vielleicht können Sie sich kurz fassen." Sehr freundlich klang ihre Stimme dabei nicht, aber wer freut sich schon auf ungebetene Gäste in den Abendstunden?

„Ich möchte Ihnen nur etwas zeigen. Es ist ein Foto von jemandem, der eine Rolle in Ihrem Leben gespielt hat." Gisela zog dabei das vergrößerte Foto von Pawel aus der Tasche und hielt es Bianca unter die Nase. Jetzt beobachtete sie genau jede Regung ihres Gegenübers. Bianca nahm das Foto, erblasste und sank in einen Sessel.

„Woher haben Sie das?", fragte sie und strich über Pawels Gesicht, dass sie für das von Andrzej hielt. „Wo ist er? Wie geht es ihm?", fragte sie hastig. Wie es aussah, wusste sie nichts von Andrzejs Tod. Gisela hatte nicht damit gerechnet, eine Todesnachricht überbringen zu müssen. Doch es blieb ihr nichts anderes übrig: „Das hier auf dem Bild ist nicht Andrzej, es ist sein Zwillingsbruder Pawel. Andrzej ist tot. Wussten Sie das nicht?"

„Tot? Das kann nicht sein!"

„Leider doch. Er wurde ermordet."

Bianca schüttelte nur traurig und ungläubig den Kopf.

„Bitte vertrauen Sie mir und erzählen, was bei ihrem letzten Treffen mit Andrzej passiert ist. Ich möchte Ihnen helfen." Gisela berichtete ihr kurz von den sichergestellten Fundstücken aus der Lagerhalle. Erstaunlich war, dass Bianca genau wie auch Pawel, gleich Vertrauen zu Gisela fasste. Unter Tränen schilderte Bianca, wie Andrzej und sie sich ineinander verliebt hatten. Zu ihren Aufgaben hatte es gehört, die Menge der von den einzelnen Erntehelfern gepflückten Äpfel zu wiegen und zu registrieren.

„Er war so freundlich und hilfsbereit, der Fleißigste von allen. Vom ersten Tag an war da so ein Kribbeln, wenn er mir in die Augen sah. Er war so liebenswert und machte mir Komplimente. Irgendwann war es um uns beide geschehen. Doch wo sollten wir uns heimlich treffen? Dann fiel mir die leerstehende Lagerhalle ein. Gemütlich war es da keineswegs, aber dort konnten wir allein und ungestört sein. Am 26. September sind wir für einen Tag ausgekniffen. Zuhause habe ich einen dringenden Arztbesuch vorgetäuscht und Andrzej ist nicht zur Arbeit gegangen. Mit seinem Wohnmobil sind wir nach Bremen gefahren und haben uns einen schönen Tag gemacht. Die Zeit war so wichtig für uns, wir mussten uns doch erst einmal richtig kennenlernen. Gegen sechs Uhr sind wir zurückgekommen und wollten uns eine Stunde später noch einmal in der Halle treffen."

Gisela unterbrach ihren Bericht: „Was Sie nicht wissen ist, dass beide Brüder, Andrzej und Pawel, in Osterbinde waren. Pawel war auch schon in den Jahren zuvor auf dem Hof. Im letzten Jahr kamen sie zu zweit, wobei nur Pawel eine Arbeitserlaubnis hatte. Beim Pflücken haben sie sich abgelöst und deshalb auch immer die besten Ergebnisse vorzeigen können. Beide haben sich einen Spaß daraus gemacht und freuten sich, dass ihnen keiner auf die Schliche kam. Sie sahen einander auch wirklich zum Verwechseln ähnlich. Andrzej ist dieser Spaß zum Verhängnis geworden. Bitte erzählen Sie weiter, was ist dann passiert?"

„Offensichtlich hatte mein Mann Wind von unserem Verhältnis bekommen, denn gerade als ich das Hallentor öffnen wollte, wurde ich von hinten gepackt. Mein Mann und sein Bruder haben mich brutal geschnappt, in den Wagen geschleppt und in unserer Wohnung eingeschlossen. Eine gute Stunde später kam mein Mann zurück, hat mich wüst beschimpft und geschlagen. Dann hat er mich vergewaltigt. Am nächsten Morgen musste ich feststellen, dass Andrzejs Wohnmobil nicht mehr an seinem Platz stand. Er war einfach verschwunden und hat sich nicht mehr gemeldet. Mit ihm wäre ich bis ans Ende der Welt gegangen, doch wie und wo sollte ich ihn finden?"

Nun ergriff Gisela wieder das Wort: „Zwischen sieben und acht muss man ihn umgebracht haben. Als die Lagerhalle abgerissen werden sollte, fanden wir ein blutiges kariertes Hemd, eine blutige Wolldecke und einen Hammer mit Blutspuren darauf. Außerdem lagen da noch Klebebandstreifen, die vermuten ließen, dass jemand damit geknebelt und gefesselt worden war. Nach Aussage von Pawel hat der seinen ermordeten Bruder kurz nach 20 Uhr gefunden. Notdürftig säuberte er Andrzejs Gesicht, zog ihm ein anderes Hemd an, fuhr mit ihm nach Polen, um ihn dort zu begraben. Wer will es ihm verdenken? Außerdem hatte er Angst, dem Mörder zu begegnen. Die Ähnlichkeit mit seinem Zwillingsbruder hätte auch ihm zum Verhängnis werden können. Ganz nebenbei wäre auch noch die illegale Beschäftigung von Andrzej aufgeflogen."

„Zuhause wurde ich danach nur noch als Hure oder Schlampe bezeichnet", hörte Gisela jetzt Bianca sagen. „Der Zustand wurde so unerträglich, dass ich es nur noch vier Wochen lang in Osterbinde ausgehalten habe."

„Es ist doch davon auszugehen, dass Ihr Mann oder Ihr Schwager den Mord begangen hat. Was meinen Sie, wissen auch Ihre Schwiegereltern davon?"

„Nein, ganz sicher nicht. Die meinen zwar, ihre Söhne genau zu kennen, doch das würden sie ihnen nicht zutrauen. Ich weiß nicht, ob sie einen Mörder decken würden. Gäbe es ausreichend Beweise gegen die Söhne, wäre das eine große Schande für sie. Mit meinen Schwiegereltern habe ich mich sehr gut verstanden: Es macht mich traurig, in ihren Augen die Böse zu sein. Sie wissen nicht, dass meine kurze Ehe die Hölle für mich war."

„Wo kann man Ihren Mann und seinen Bruder antreffen? Auf den Plantagen gibt es jetzt doch noch keine Arbeit."

„Mein Mann - es fällt mir so schwer, ihn noch so zu bezeichnen - fährt über Land, um die Äpfel anzubieten. Da gibt es viele Stammkunden, die bedient werden wollen. Und mein Schwager steht mit einem Stand auf dem

Bremer Wochenmarkt. Manchmal tauschen sie auch. Weshalb fragen Sie?"

„Ich überlege gerade, auch sie mal mit dem Foto zu konfrontieren. Ob das eine gute Idee ist?"

„Da müssen Sie aber ganz vorsichtig sein, die beiden sind unberechenbar."

„Man weiß nicht, wie sie reagieren.", setzt Gisela dagegen. „Schließlich ist nur einer der Mörder, der andere war Mittäter oder hat die Tat nicht verhindert. Halten Sie es für möglich, dass sonst jemand als Täter in Frage käme?"

„Andrzejs Bruder sicher nicht. Mit seinen Landsleuten hat Andrzej sich immer gut verstanden, da gab es nie Streitigkeiten. Jedenfalls habe ich das nicht bemerkt. Soviel Kontakt hatte er auch nicht zu denen."

„Kein Wunder, den Feierabend verbrachten die Brüder bestimmt gemeinsam."

„Seinen Bruder möchte ich unbedingt kennenlernen. Meinen neuen Job habe ich erst seit zwei Monaten und somit noch keinen Urlaubsanspruch. Und Geld, um nach Polen zu fahren, habe ich auch nicht."

Das Gespräch der beiden wurde immer wieder durch Biancas Schluchzen unterbrochen. Gisela zweifelte keinen Moment an Biancas Unschuld. Es war bereits nach 21 Uhr, als sie sich verabschiedeten. Gisela musste dringend etwas essen, um ihren Zuckerspiegel nicht ganz durcheinander zu bringen. Das Handy lag ausgeschaltet in ihrer Tasche. Als Gisela es, zurück im Wagen, wieder aktivierte, fand sie drei SMS von Martin, der sich schon wieder um sie sorgte.

„Gisela Koch, was tust du dir bloß wieder an?", fragte sie sich. Doch was sollte sie machen? Jetzt zur Polizei gehen, um einen Mord zu melden, obwohl es keine Leiche gab? Den unschuldigen Pawel ans Messer liefern, der seinen Bruder im Garten begraben hatte? Völlig ausgeschlossen!

Unterwegs sann Gisela über ihre Veränderung nach, die sie an sich selbst bemerkte. Während ihres Berufslebens war sie eher kühl und distanziert gewesen, die Gefühle blieben hinter einer Fassade versteckt. Früher war es für sie undenkbar, einen fremden Menschen einfach in den Arm zu nehmen. Sowohl bei Pawel als auch bei Bianca fiel ihr das jetzt überhaupt nicht schwer. Giselas Gedanken und sogar ihre Ausdrucksweise konnten mittlerweile ganz schön schonungslos sein. Was hatte sie so verändert? War es der Umgang in der WG und der mit Gaby und Kalle? Ihr Ex-Chef würde sich wundern, hörte er seine Giselle so reden, wie ihr der Schnabel gewachsen war. Sie hatte es immer als Schmeichelei empfunden, wenn er sie gut gelaunt „Ma belle Giselle" nannte. Aus Martins Mund klang das auch gut, doch der hatte sich inzwischen angewöhnt, sie „Hummelchen" zu nennen. Warum eigentlich? War sie so wild wie eine Hummel? Sie unterbrach ihre Gedanken und steuerte einen Imbiss an, um eine Bratwurst mit Pommes zu essen, etwas, das sie früher verabscheut hätte. Es war fast zehn, als sie wieder in Osterbinde ankam. Martin und auch Anton waren in heller Aufregung. Weil Gaby bereits angerufen hatte, wussten sie, dass Gisela wieder auf Solo-Tour war.

„Regt euch doch nicht auf, mir ist nichts passiert! Aber sonst wüsste ich auch noch nicht das, was ich jetzt weiß. Und wenn ihr aufhört, mir etwas vorzuquengeln, erzähle ich es euch. Ihr habt ja Recht, ich hätte mich zwischendurch einmal melden sollen." Ihr folgender Bericht über den Besuch bei Bianca ließ keine Einzelheiten aus. Sie diskutierten noch eine Weile und gingen dann schlafen. Die Stimmung war an diesem Abend alles andere als gut und Martin zog es vor, die Nacht allein zu verbringen. Offensichtlich war er immer noch sauer, denn er rang sich nur noch ein flüchtiges Küsschen ab. In dieser Nacht blieb auch Gisela lieber allein. Obwohl sie hundemüde war, ließen ihre Gedanken sie nicht zur Ruhe kommen.

Am nächsten Morgen sah die Welt schon wieder ganz anders aus. Die Männer überraschten Gisela mit einem liebevoll gedeckten Frühstückstisch. Nicht nur frische Brötchen hatte Martin besorgt, sondern auch noch einen herrlichen Frühlingsblumenstrauß. Er begann: „Du musst doch verstehen, dass ich Angst um dich habe. Du konntest doch gar nicht wissen, dass diese Bianca unschuldig ist. Ebenso hätte doch auch sie die Mörderin sein können. Ist zwar eher unwahrscheinlich, aber es wäre doch auch möglich gewesen. Ich will nicht, dass du dich immer wieder allein in Gefahr begibst. Ich bin so froh, dass das Schicksal uns zusammengeführt hat! Sag mir Bescheid, wenn du wieder etwas vor hast. Ich helfe dir doch, mein Hummelchen."

Auch Anton gab Gedanken preis, die ihm nachts den Schlaf geraubt hatten: „Warum lassen die Täter Beweismaterial zurück? So blöd kann doch keiner sein! Heute Nacht habe ich mir immer wieder vorgestellt, Bianca wusste vom Tod ihres Liebhabers und hat die Beweisstücke extra wieder in die Lagerhalle gebracht, in der Hoffnung, dass sie dort gefunden werden." Der Groll vom Abend war vergessen und so kam

Gisela zum Zuge: „Erstens freue ich mich, dass auch euch die Sache keine Ruhe lässt. Zweitens: Ein überraschender „Überfall" zu zweit auf Bianca hätte nicht so gut ausgesehen. Manches erzählt sich auch leichter von Frau zu Frau. Sie hat gleich Vertrauen zu mir gefasst. Drittens bin ich sicher, dass sie nichts von Andrzejs Tod wusste. Es ist anzunehmen, dass ihr Mann diese Liaison entdeckte, von der auch ihr Schwager wusste. Sie wollten zunächst ein weiteres Treffen verhindern und wer weiß, ob sie den Mord schon geplant hatten? Viertens spricht für Biancas Unwissenheit, dass sie enttäuscht von ihrem Andrzej war, nachdem er auf Nimmerwiedersehen mit dem Wohnmobil verschwand. Mit den Beweisstücken hast du Recht, Anton. Wer kann schon so leichtsinnig sein, sie nicht zu entsorgen? Es sei denn, jemand hat sie wieder zurück gebracht! Aber wer? Moment, ich hab' da eine Idee...!"

„Oh Gott, schon wieder!" Mehr sagte Martin nicht und verkniff sich weitere Kommentare.

Gisela fuhr fort: „Mir ist noch etwas ganz anderes durch den Kopf gegangen. Sollte es gelingen, den Mörder durch ein Geständnis zu überführen, können wir auch Pawel nicht schützen.

Wir wissen zwar, dass er kein Verbrecher ist, das mögen die Gerichte aber nicht so sehen. In Deutschland und auch in Polen muss er mit einer Bestrafung rechnen. Schließlich hat er eine Straftat vertuscht. Die Tatsache, dass er den Tod seines Bruders nicht behördlich gemeldet hat, ist auch nicht in Ordnung. Sicher ist es auch in Polen nicht erlaubt, eine Leiche im Vorgarten zu verscharren. Ich möchte keinesfalls, dass der arme Junge Schwierigkeiten bekommt, er ist schon so genug gestraft. In solchem Fall zeigen sich die Richter meistens gnädig. Am besten, ich spreche doch mal mit Herrn von Horn darüber, aber erst muss ich weiter sein! Und jetzt zu meiner Idee, ich habe da wieder ein neues Bauchgefühl."

Die Männer stöhnten zweistimmig, wodurch Gisela sich nicht beirren ließ. „Ich muss unbedingt bei Bianca anrufen. Gut, dass sie mir ihre Handynummer gegeben hat. Vielleicht gibt es sogar einen Zeugen, der die Beweisstücke wieder in die Lagerhalle gebracht hat. Ich muss sie unbedingt fragen, ob in der Halle Autos standen. Ihr wisst schon, Autos, die umgespritzt wurden. Das wäre ja ein Ding!"

Sie griff zum Hörer, ehe die Männer sie bremsen konnten. Weil sich Bianca nicht meldete, bat Gisela auf der Mailbox um Rückruf. Danach nutzte sie die Zeit und trug alle Fakten im Computer zusammen. Danach verlief der Tag relativ unspektakulär mit Essen kochen, Wäsche waschen und ein wenig Putzen. Nachmittags machten sie noch einen kleinen Spaziergang.

„Ist dir auch schon mal das Hinweisschild – Galerienchen- und -Dütt un Datt- aufgefallen? Lass uns doch mal erkunden, was dahinter steckt", schlug Gisela vor.

Martin schien einverstanden: „Klar, darüber habe ich mich auch schon gewundert.. Sollen wir laufen oder mit dem Auto fahren?"

„Irgendwie sieht die Straße wenig vertrauenswürdig aus. Lass uns lieber mit dem Auto auf Entdeckertour gehen."

Dann klärte Martin auch Anton auf: „Die schmale Straße ist ziemlich gewölbt. Bäume und Büsche wirken so, als würden sie am Ende ein verwunschenes Schloss verbergen."

Obwohl der Weg nicht weit gewesen wäre, holte Martin den Wagen und fuhr mit den Freunden dem geheimnisvollen Ziel entgegen. Zuerst kamen sie an einem Schweinestall vorbei, der nun wahrlich wenig mit einem Schloss zu tun hatte. Dann folgten Felder, Wiesen und Weiden auf beiden Seiten der schmalen Straße.

Plötzlich jubelte Gisela, denn sie hatte drei Rehe auf einer Wiese entdeckt, die friedlich ästen und sich offensichtlich nicht durch das Motorengeräusch gestört fühlten. So nahe hatte Gisela noch niemals Rehe gesehen, Zootiere ausgeschlossen.

Linksseitig fanden sie das „Galerienchen" in einem gepflegten Fachwerkhaus mit Strohdach. Ein kleines aber feines Angebot für Dütt un Datt, so wie der Name es versprach, wartete auf Interessenten. Zu bewundern und auch zu kaufen gab es Keramikartikel, Schönes und Altes aus Holz oder Metall. Tische und Bänke luden zum Verweilen ein. Kaffee, Tee und Kuchen dufteten verführerisch. Gaby, die nette Besitzerin des schmucken Anwesens zeigte den drei Freunden das kleine Fachgeschäft für Wolle und alle möglichen Handarbeitsartikel. Die fertig gestrickten Kleidungsstücke hatten alle das gewisse Etwas. Jedes hübsch auf seine Weise, jedes ein Unikat.

Dann gab es da noch etwas, das Martins Herz höher schlagen ließ: Einen dunkelgrünen Oldtimer, einen Bentley mit schottischem Kennzeichen. Freundlich lächelnd kam der Hausherr hinzu, der sah, wie Martin Antons Hand nahm und sie über den Lack des Schmuckstücks streichen ließ.

Ein paar Hühner scharrten im Vorgarten und ein Entenpaar schnatterte zufrieden auf der Rasenfläche.

Na, das war doch Landidylle pur. Dieser kleine Ausflug hatte sich gelohnt und den Kopf für einen Moment etwas frei gemacht.

Zuhause angekommen stand der Mordfall wieder im Vordergrund und die Drei brachten auch die Lindemanns, die sich gerade im Vorgarten betätigten, auf den neusten Stand. „Was wollen sie jetzt machen?", fragte Herr Lindemann. „Ich weiß es wirklich noch nicht", gab Gisela zurück. Als die drei wieder ins Haus gingen, unterhielten die Lindemanns sich noch weiter. Beide lobten sie Giselas Einsatz und Beharrlichkeit. Frau Lindemann bewunderte sie: „Und sie macht das alles mit einer Nonchalance! Das ist doch eine bewundernswerte Frau. Was haben wir doch für ein Glück mit unseren Mietern."

Herr Lindemann fügte hinzu: „Die alten Tegges tun mir so leid. Es ist ja wohl keine Frage, dass die Söhne etwas damit zu tun haben. Ein Mörder gehört hinter Schloss und Riegel!" Beide waren sich einig, dass es zu früh war, die Polizei einzuschalten.

Abends kam der erwartete Rückruf von Bianca. Endlich! Gisela kam gleich zur Sache: „Sagen Sie mir doch bitte, was Sie in der Lagerhalle vorgefunden haben. War sie sonst leer?"

„Bei jedem Beisammensein war es ja schon dunkel. Wir haben uns nur in unsere Ecke verzogen. Ich hatte eine Wolldecke reingeschmuggelt und ein paar kleine Windlichter aufgestellt, damit wir wenigstens etwas sehen konnten. Auf der anderen Seite standen nur ein paar Autos. Drei oder vier vielleicht, in der Dunkelheit konnte man das nicht genau erkennen. Die haben uns ja auch nicht interessiert."

„Windlichter? Autos? Das ist ja interessant. Windlichter haben wir nicht gefunden. Und Autos auch nicht. Allerdings waren die Wände farbig bespritzt. Daraus haben wir geschlossen, dass dort Autos umgespritzt wurden."

„Das erklärt auch den seltsamen Gestank. Nach Äpfeln roch das jedenfalls nicht, denn der Geruch verliert sich eigentlich nie. Da roch es immer irgendwie chemisch. Ja, das stimmt – nach Farben und Lacken."

„Aber Sie sind dort nie jemandem begegnet?"

„Zum Glück nicht."

„Es ist anzunehmen, dass Sie beobachtet wurden. Wir zermartern uns schon die ganze

Zeit den Kopf, weshalb der oder die Mörder nicht die Beweisstücke entsorgt hatten. Wer weiß, möglicherweise hat ein Zeuge die Sachen dort wieder deponiert, in der Hoffnung, dass sie sichergestellt werden. Die Teelichter waren unwichtig, darauf waren bestimmt auch kaum Spuren zu finden. Die Sache wird ja immer verrückter. Autoschieberei ist ja nun auch kein Kavaliersdelikt, aber mit Mord wollten die nichts zu tun haben. Jetzt müsste man nur wissen, wo wir die oder den Zeugen auftreiben können. Bianca, Sie haben mir sehr geholfen. Danke! Aber sagen Sie, wie geht es ihnen überhaupt?"

Gisela hörte leises Weinen und Schluchzen an der anderen Seite des Hörers und bemühte sich, tröstende Worte zu finden.

„Bitte finden Sie den Mörder. Der muss seine Strafe bekommen!" Worauf Gisela versprach, alles Mögliche dafür zu tun. Martin und Anton hatten interessiert zugehört. Giselas Entschlossenheit machte ihnen fast Angst.

Noch hatte sie keine Idee, wie sie eine Spur zu den potentiellen Autoschiebern aufnehmen könnte. Noch nicht! Darüber musste sie erst noch eine Nacht schlafen. Mindestens! Vielleicht fühlten sich auch die Autoschieber entdeckt und trieben ihr Unwesen woanders weiter. Aber wo? Erstaunlich, dass deren Betriebsamkeit weder den Lindemanns noch den drei Mietern aufgefallen war. Die Entfernung zur Lagerhalle war wohl doch zu groß und die Tore befanden sich auf der zum Haus abgewandten Seite. Dennoch gingen die vermeintlichen Autoschieber ein ordentliches Risiko ein, denn sie mussten jederzeit mit dem Erscheinen des Besitzers oder Pächters rechnen.

Gisela zuliebe stellte Martin einen Krimi im Fernsehen an. Aber die war nicht recht bei der Sache.

„Morgen früh sollte ich eine Anzeige aufgeben", überraschte sie die beiden Männer. „Was für eine Anzeige denn?", wollten beide wissen.

„Schuppen oder Lagerhalle zu mieten gesucht! Ist doch ganz einfach!"

„Du bist aber auch eine und glaubst daran, so auf die Autoschieber zu stoßen? Ein ahnungsloser Vermieter freut sich, dir etwas Passendes anbieten zu können und du stößt rein zufällig auf die Gauner, die ihr Revier zwangsläufig verlagern mussten."

„Könnte doch sein!"

Anton meinte nach einiger Überlegung: „Die Idee ist gar nicht so schlecht. Das könnte tatsächlich klappen. Mir geht noch was durch den Kopf. Stellt euch mal vor, ihr wolltet das schnelle Geld machen, was würdet ihr dann tun, wenn ihr Zeuge eines Mordes wurdet? Kleine Erpressung eventuell?"

„Anton, du bist ja klasse!", lobte Gisela ihn. An diesem Abend verfolgte keiner von ihnen den Krimi, denn sie hatten selbst genug davon.

„Morgen früh muss ich dringend zum Friseur. Danach gehe ich zur Zeitung und gebe die Anzeige auf."

Ob Martin dem Frieden trauen konnte? „Aber nur Friseur und Zeitung. Sonst gehst du nirgendwo alleine hin, hast du verstanden?" Der Gute hatte soviel Angst, dass jemand seinem Hummelchen etwas zu Leide tun könnte.

Am nächsten Morgen gingen sie getrennte Wege. Gisela setzte ihre Pläne in die Tat um und hoffte, beim Friseur etwas Klatsch und Tratsch von den anderen Kundinnen aufzuschnappen. Martin und Anton fuhren zum Baumarkt, wo sie für Antons Badezimmer ein Regal aussuchen wollten.

Giselas Friseurin Brigitte war verschwiegen und dachte sich möglicherweise ihren Teil. Doch eine andere Kundin erwies sich zu Giselas Freude als sehr gesprächig. Auch aus deren Sicht taugten die Tegge-Söhne nicht viel. Sie seien schon mehrfach in Schlägereien verwickelt gewesen. Die arme junge Frau des einen Juniors habe ja schon nach kurzer Zeit das Weite gesucht. Allerdings munkelte man auch, dass sie etwas mit einem Polen gehabt habe. Gisela wollte noch etwas über eine Autoschieberbande wissen und lenkte das Gespräch in entsprechende Richtung. Sie erfuhr, dass vor zwei Jahren eine Clique in Diepholz aufgeflogen sei. Leider konnte sie nicht viel Verwertbares erfahren. Autoschieber, die vor zwei Jahren ihr Unwesen trieben, hatten ihre Strafe längst erhalten oder konnten sich rechtzeitig absetzen.

Aber wer hatte das Gerücht über Biancas Verhältnis in die Welt gesetzt? Gab es doch noch mehr Mitwisser oder sorgte der betrogene Ehemann selbst dafür?

Den Weg zur Zeitungsagentur konnte Gisela sich sparen, denn sie hatte der gesprächigen Kundin ihr Interesse an einer Lagerhalle oder eines Schuppens bekundet.

„Sie sollten mal bei Klostermann in Albringhausen oder bei Zimmerling in Hallstedt nachfragen, da finden Sie bestimmt das Richtige. Was wollen Sie denn damit?"

Gisela amüsierte sich über ihre Neugier und ihre Tipps, schrieb sich aber brav die Telefonnummern auf, die sie bereitwillig aus dem erbetenen Telefonbuch raussuchte. So etwas konnte es wohl nur auf dem Land geben.

Frisch gestylt und mit neuen Strähnchen im Haar fuhr sie zurück nach Osterbinde. Martin erwartete seinen Schatz schon sehnsüchtig, dieses Mal aus einem ganz besonderen Grund. Ein knappes: „Siehst aber wieder klasse aus!", schickte er voran, bevor er mit seiner Neuigkeit herausrückte: „Wir haben etwas beobachtet. Im Baumarkt ist uns ein seltsamer Mann aufgefallen. Jung, auffällig ganz in Schwarz gekleidet, offenes Hemd, schweres Goldkettchen um den Hals. Er interessierte sich für Staubmasken und stand später bei den Kompressoren. Auf dem Parkplatz haben wir ihn wieder-gesehen, das heißt, Anton hat sein Deo oder After Shave gerochen. Er fuhr einen blitzblanken schwarzen Ford Focus. Das polnische Kennzeichen habe ich gleich notiert: NZJ-4653!"

Dafür hatte sich Martin ein dickes Lob verdient. Offenbar fing Giselas Spürnase an, sich auf ihn zu übertragen. Sie dachte nach: So ein Typ, wie von Martin beschrieben, macht sich selten die Hände schmutzig. Er könnte sogar Kopf einer solchen Bande sein. Auf Autoklau schickte er vermutlich andere, die vielleicht auch das Umspritzen der Autos übernahmen. Dann zweifelte sie wieder an ihren Überlegungen. Der Mord ereignete sich am 26. September des

Vorjahres. Zu diesem Zeitpunkt wusste die Bande, dass es Zeugen gab und musste zwangsläufig die heimliche Werkstatt räumen und aufgeben. Waren das überhaupt Polen? Ebenso konnten es auch Deutsche oder andere Ausländer sein. Hatten sie ihr Unwesen inzwischen woanders getrieben? Wenn ja, wo? Aber das waren alles nur Spekulationen, irgendwie steckte sie in ihren Überlegungen fest. Anton war aufgefallen, dass Gisela sich ungewöhnlich ruhig verhielt und versuchte sie abzulenken: „Denk doch mal an was Schönes. Was willst du den Sykern denn zur Hochzeit schenken?" Es war gut, die Gedanken zwischendurch in andere Bahnen zu lenken.

„Ich habe mir überlegt, Kalle und Gaby eine Woche Venedig-Urlaub zu spendieren. Was haltet ihr davon? Und Michael und Nadine könnte ich sicher mit einem Gutschein aus einem Geschäft für Babybedarf überraschen."

„Gute Idee, aber was schenken wir?"

„Ich rate euch zu einem Geldgeschenk. Das lässt sich auch festlich verpacken und ihr habt etwas, das nicht umgetauscht werden muss, weil es unnütz ist. Wir könnten doch bestimmt in dem tollen Geschenkeladen und Schmuckgeschäft auf dem Lindenmarkt etwas Nettes finden. Wiss…? Wiss? Wie heißen die noch?"

„Wisloh", wusste Anton, der seine Uhr dort einmal reparieren ließ und noch lange von der netten Verkäuferin geschwärmt hatte.

Diesen Tipp nahmen Martin und Anton gern an, die beiden heiratswilligen Paare waren bereits bestens eingerichtet. Da war es schwer zu erraten, wo noch ein Wunsch offen blieb.

Martin hatte auch noch einen Vorschlag. Der fühlte sich schon seit Beginn des gemeinsamen Mietverhältnisses für den Kauf der Getränke zuständig. Anton konnte da ohnehin wenig helfen und Martin wollte Gisela die Flaschenschlepperei ersparen.

„Ich hab da noch eine Idee: Der Parkplatz des Getränkemarktes ist auch gleichzeitig der für einen ganz besonderen Laden. Ich glaube, die Besitzerin heißt Petra, das habe ich im Getränkemarkt aufgeschnappt. Da gibt es ganz tolle Dinge, alte und neue, für drinnen und für draußen. Lasst uns mal schauen."

Beide sollten ein Geschäft machen. Anton ließ sich bei Wisloh beraten und kaufte für das junge Paar einen wunderschönen Schutzengel. Für Gaby und Kalle war eine ausgefallene Vase bestimmt. Beiden Geschenken ließ Anton einen Schein beilegen. Ausreichend Berater hatte er auf jeden Fall an seiner Seite: Gisela, Martin und seine Lieblingsverkäuferin, von der er nicht wusste, ob es sogar die Chefin war.

Dann fuhren sie weiter zu Petras Geschäft, für das Martin schon im Vorab die Werbetrommel gerührt hatte. Gisela war ganz aus dem Häuschen, als sie das Angebot sah:

„Oh sieh mal, der Rosenbogen ist ja toll! Und da drinnen der Spiegel...! Der Vogelkäfig sieht ja super aus! Den kaufe ich für mich." Sie war kaum zu bremsen und Martin erkannte gleich, dass das hier kein Einzelbesuch bleiben sollte. Besonders interessierte sich Gisela auch für die ausgefallenen Kleidungsstücke. Martin trug alles mit Geduld und ließ sich von der Chefin Petra jeweils einen edel gestalteten Gutschein ausstellen. Er war ganz sicher, dass die vier Beschenkten sich etwas nach ihrem Geschmack aussuchen würden. Obwohl Anton nicht mitreden konnte freute er sich über Giselas Begeisterung und streichelte zufrieden und ausdauernd Mo, die Katze, die das schnurrend genoss. Nachdem sie das Geschäft verlassen hatten warf Gisela noch einen Blick auf Schaufenster und das Reklameschild, auf dem deutlich „F.Gienau" zu lesen war. Seltsam „F" wie Petra? Die Frage wollten sie beim nächsten Besuch klären.

Gisela ahnte schon Böses, als sie ihre E-Mails abrief. Dr. Schäfer wartete sehnsüchtig auf ein Treffen mit ihr. Was der sich wohl erhoffte?

Später kam Martin und sie entschlossen sich, zusammen in Giselas Reich zu schlafen. Martin schnarchte schon leise vor sich hin, während sie mit offenen Augen in seinem Arm lag und grübelte. Auf welchem Weg war der Mörder zum Geständnis zu bringen? Wie könnten sie die Spur des Polen mit dem Ford Focus aufnehmen? Bestand da überhaupt ein Zusammenhang? Könnte sie doch wenigstens Kalle um Rat fragen. Wie mochte es den Kripobeamten in ähnlicher Lage ergehen? Ob die schon weiter mit ihren Ermittlungen wären? Bestimmt, denn die hatten im Gegensatz zu ihr eine spezielle Ausbildung hinter sich. Erfolgreich ermitteln: So ein Leben müsste doch spannend sein! Für sie gab es allerdings auch Vorteile, die nicht zu verachten waren. Sie hatte Zeit und es gab keinen Chef, der auf schnellstmögliche Lösung eines Falles pochte. Anders als bei Kalle war da kein Auftraggeber, der unzufrieden reagierte, weil ein Problem nicht im Zeitlimit gelöst werden konnte. Deshalb fühlte sie sich plötzlich wieder befreit und schlief ein, mit dem guten Gefühl, dass sie ihre freiwilligen Recherchen jederzeit abbrechen konnte.

Morgens telefonierte sie mit den ihr empfohlenen Lagerhallenbesitzern. Beide stellten ihre Gebäude nur zur Apfellagerung zur Verfügung. Weil Gisela vorgab, dort Oldtimer unterstellen zu wollen, kamen sie nicht miteinander ins Geschäft.

Am Frühstückstisch machte Gisela den Männern einen Vorschlag: „Wir möchten doch alle wissen, wie Tegge Junior aussieht. Bianca sagte, dass er nicht täglich seine Äpfel auf dem Bremer Wochenmarkt anbietet. Lass uns nach Bremen fahren. Wir parken irgendwo, fahren mit der Straßenbahn bis zur Domsheide und schauen uns in Ruhe um. Erst mal ist doch wichtig, ob wir ihn da überhaupt antreffen.

Dann nimmst du, Anton deinen weißen Stock mit und Martin setzt seine Sonnenbrille auf. So hat es den Anschein, als ob ihr beide sehbehindert seid und ihr könnt euch unauffällig in Tegges Nähe aufhalten und ihn ausgiebig beobachten und belauschen. Ich bleibe in sicherer Entfernung in eurer Nähe, um alles zu checken. Wenn Tegge nicht da ist, verspreche ich euch ein leckeres Mittagessen. Wie wäre es mit Fisch? Was ist, seid ihr dabei?"

Zeit genug stand beiden zur Verfügung und von Giselas Verbrecherjagdfieber hatten auch sie sich längst anstecken lassen. Eine halbe Stunde später waren sie bereits startbereit. Unterwegs gestand Gisela: „Ich glaube, das mit der Anzeige hätte ich mir sparen können. Wir sollten häufiger durch die nähere Umgebung kreuzen und nach dem Ford Focus Ausschau halten."

„Glaubst du denn, dass sie den einfach draußen stehen lassen? Wenn der Kerl was auf dem Kerbholz hat, verschwindet der Wagen doch sofort im Versteck."

„Wir könnten aber die Verfolgung aufnehmen, wenn uns der Wagen irgendwo begegnet!"

„Wenn! Ja wenn! Dann werden wir das bestimmt machen!"

Obwohl sie die Augen offen hielten, war nirgends ein spezieller Apfelstand von Tegge zu finden. Gisela war enttäuscht und schlug vor, wenigstens einen Kaffee zu trinken. Dabei war ihr das Getränk gar nicht so wichtig. Ganz beiläufig fragte sie die Bedienung nach dem Apfelstand und erhielt die Antwort: „Der ist nur von Donnerstag bis Samstag hier." Okay, heute war Mittwoch, also Fehlanzeige. Insgeheim bedauerte sie die verlorene Zeit, freute sich aber diebisch darüber, wie leicht sie Martin und Anton um den Finger wickeln konnte. Das gute Mittagessen entschädigte sie dann doch für die Zeitinvestition. Martin übernahm es bei jeder Mahlzeit, Antons Essen in mundgerechte Stücke zu zerschneiden. Dadurch konnte der geschickt mit Messer und Gabel essen, ohne dabei zu kleckern. Bewundernswert, wie gut er mit seiner Sehbehinderung zurechtkam.

An der Haltestelle äußerte Martin einen Wunsch. Er wollte gern sein Haus in Harpstedt wiedersehen, dass er hatte vermieten können, bevor er in die WG nach Osterbinde zog.

„Wir haben doch Zeit. Keine Angst, ich will da nicht reingehen. Lasst uns einfach mal vorbeifahren."

Martins Wunsch wurde erfüllt. Er war zufrieden, denn der Garten machte einen gepflegten Eindruck. Er freute sich, als er im hinteren Bereich eine Kinderrutsche und eine Schaukel entdeckte, die von drei kleinen Kindern in Beschlag genommen wurden. So war es richtig, sein Haus war wieder mit Leben gefüllt. Einmal mehr wurde ihm bewusst, dass die Entscheidung für Osterbinde genau die Richtige gewesen war. Auch wären Gisela und er sich sonst wohl kaum über den Weg gelaufen und auf Antons Freundschaft hätte er ebenso verzichten müssen. Gisela freute sich über das, was Martin aussprach.

Keine Frage, an der heutigen Aktion mit der Suche nach dem Apfelstand hatten Martin und Anton sogar Spaß gehabt. Sie waren schon ein klasse Team. Dabei war und blieb Gisela diejenige, die sagte, wo es langging.

Die Stimmung auf der Rückfahrt war bestens. Sie fuhren noch von Harpstedt über Twistringen nach Bassum und dann erst wieder zurück nach Osterbinde. Martins und Giselas Augen waren ständig auf der Suche nach dem schwarzen Ford Focus, den sie an diesem Tag aber weder auf den Haupt- noch auf den Nebenstraßen entdecken konnten. Anton spürte wieder den Schalk im Nacken, denn ihm kam ein Witz in den Sinn, während er etwas mit seinem weißen Stock spielte: „Was ist das für ein Mensch, der einen anderen ständig verfolgt und belästigt?"

„Ein Stalker! Wieso?"

„Richtig! Und wie heißt das Verbrechen? Ich meine das Substantiv."

„Stalking!"

„Genau! Und wie heißt es, wenn man zur Unterstützung Stöcke dazu gebraucht?"

„Weiß ich nicht!"

Beiden fiel keine Antwort darauf ein. Anton hatte die Lösung parat: „Ist doch klar – das ist Nordic-Stalking!"

Je häufiger sich die drei Freunde mit Verbrechen und Verbrechern befassten, desto mehr freuten sie sich über Antons Späße, die für Abwechslung sorgten.

Gisela wurde wieder ernst: „ Schade, dass wir die AKTIBA versäumt haben. Die Messe war doch am Wochenende vor unserem Urlaub. Wir wollten ja auf den ganzen Rummel verzichten, dabei wäre es eine tolle Gelegenheit gewesen, die Tegge-Söhne unbemerkt unter die Lupe zu nehmen. Doch da waren wir mit unseren Ermittlungen noch nicht so weit. Ich bin gespannt, wann und wo die sich aufspüren lassen."

Die Drei genossen die Fahrt durch die ländliche Gegend. Wald, Wiesen, Felder und eben auch die Obstplantagen. Gisela bat Martin, einmal anzuhalten. Die Bäume standen in Reih und Glied entlang der Straße, einige schon seit vielen Jahren. Parallel dazu folgten noch weitere Baumreihen, so weit das Auge sah. Von weitem hörten sie es hämmern und klopfen.

„Ob wir da wohl mal spazieren gehen dürfen?", fragte Gisela.

„Wo denn? Direkt in der Plantage wird das bestimmt nicht gern gesehen! Da könnte ja jeder kommen!"

Weil Gisela nicht locker ließ, bahnten sich die Drei schon bald den Weg durch die Plantagen, begleitet von einem nicht ganz guten Gewissen. Ganz am Ende der Plantage wurden gerade neue Bäume gepflanzt und dafür Pfähle gesetzt. Das erklärte auch die Geräusche, die sie in diesem Blütenmeer nicht erwartet hatten. Sie grüßten den Obstbauern freundlich und hörten, wie er sich mit seinem Gehilfen Stanislaw unterhielt. Es gab scheinbar noch mehr Polen, die so wie Marek, auch zu anderen Arbeiten herangezogen wurden.

„Gibt immer was zu tun, wie man sieht!", versuchte Martin beim Obstbauern für gute Stimmung zu sorgen, bevor der auf die Idee kam, sie von hier zu vertreiben. „Wir wohnen erst seit ein paar Monaten in Osterbinde und wollten uns diese Pracht gern mal genauer ansehen. Wie herrlich das wohl aus der Luft aussieht!"

Direkt abweisend reagierte der Bauer nicht, wollte sich aber auch nicht gern bei der Arbeit unterbrechen lassen. „Wir haben das ganze Jahr über damit zu tun. Die Bäume müssen geschnitten werden, dann muss das Geäst abgefahren werden." Er erzählte noch einiges über Jonagold, Boskop, Cox Orange und Co. und war froh, dass die drei Neugierigen wieder den Rückzug antraten. Die Bienen flogen summend von Blüte zu Blüte.

Kurz bevor sie ihre Wohnung erreichten, fragte Gisela: „Und was ist morgen? Wollen wir uns Tegges Wochenmarkt-Äpfel ansehen?"

„Nicht nur die. Vor allem wollen wir Tegge Junior begutachten. Mal sehen, was das für ein Typ ist!", meinte Martin, und Anton freute sich, dass er wieder dabei sein durfte.

Am nächsten Morgen machten sie sich nach einem ausgiebigen Frühstück wieder auf den Weg. Bevor sie in den Wagen stiegen, unterhielten sie sich mit Herrn Lindemann, der gerade wieder im Vorgarten werkelte. Er war natürlich an dem neusten Stand der Dinge interessiert. Man merkte ihm deutlich an, dass auch ihm die Lösung des Falles am Herzen lag. Geholfen hätte er gerne, doch er wusste nicht wie.

So wie bereits am Vortag fuhren sie mit dem Pkw nach Bremen, stiegen in die Straßenbahn, um dort auf dem Marktplatz den Apfelstand zu suchen. Der war so groß, dass er ihnen gleich ins Auge fiel. Ein Mann, knappe dreißig Jahre alt, stand dahinter und bot lautstark seine Äpfel aus eigenem Anbau an. Er trug ein blau-schwarz gestreiftes Hemd zur verwaschenen Jeans. Seine Stimme wurde lauter, wenn er potentielle Kunden erblickte. Deutlich änderte sich sein Tonfall und klang verärgert, wenn die Leute achtlos an seinen Stand vorbei gingen. Martin und Anton hielten sich ganz in seiner Nähe auf. Anton trug den weißen Stock bei sich und seine

Armbinde mit den drei schwarzen Punkten auf gelbem Grund. Martin versteckte seine Augen mit einer Sonnenbrille und mimte auf diese Weise ebenfalls einen Sehbehinderten. Auch ihn hatte Anton mit einer Binde aus seinem Bestand ausstatten wollen, doch Martin verzichtete lieber darauf: das ging ihm doch ein Stück zu weit. Gisela stand in Sichtweite und trank schon mal einen Kaffee. Ob der Apfelmensch der Mörder war? Oder stand da der Bruder des Mörders?

Plötzlich erschraken sie über das Verhalten des Apfelverkäufers. Drei etwa zwölfjährige Jungen kamen angelaufen. Einer von ihnen griff sich beim Vorbeirennen einen Apfel, biss herzhaft hinein und rannte lachend mit den anderen davon. Das brachte Tegge völlig aus der Fassung. Wütend schleuderte er mehrere Äpfel nacheinander auf die flüchtenden Jungen, ohne auch nur einen von ihnen zu treffen. Ungewollt erwischte er eine unschuldige Marktbesucherin. Eine junge Frau rieb sich den Oberarm, hatte aber keinen Mut, sich bei dem Obstbauern zu beschweren, der sich offensichtlich nicht im Griff hatte. Kopfschüttelnd ging sie weiter. Tegge machte keinerlei Anstalten, die zerplatzten Äpfel zu beseitigen, obwohl sie für die Passanten eine Rutschgefahr darstellten.

„Ganz schön aggressiv, der Herr", dachte Gisela und spürte das dringende Bedürfnis, mit ihm zu reden. Am unverfänglichsten wäre zunächst ein Einkauf: „Zwei Pfund Holsteiner Cox bitte." Wortlos packte er die Äpfel in eine Tüte. Kein Wunder, dass er kein gutes Geschäft machte, so grimmig wie er war.

Martin blieb fast das Herz stehen. Es war nicht abgemacht, dass Gisela allein mit ihm sprechen wollte. Hoffentlich erzählte sie nicht, dass auch sie in Osterbinde wohnte. Er machte sich mal wieder viel Sorgen um sein Hummelchen.

„Na, ist heute wohl kein gutes Geschäft zu machen?", fragte Gisela und ahnte schon, dass sie damit ins Wespennest stach. Seine Antwort klang so negativ, wie es nicht besser zu diesem Menschen hätte passen können: „Die wissen doch gar nicht, was gut ist. Fressen lieber ihre Pommes! Schleppt man ihnen das Zeug noch fast vor die Tür und dann woll'n sie es immer noch nicht. Man sollte sich lieber besser aufs Sofa legen, statt sich hier die Beine in den Bauch zu stehen. Ich hab es so satt!"

„Da kommen bestimmt gleich noch andere Kunden. Ich wünsche Ihnen ein gutes Geschäft." Wohl fühlte sich Gisela in seiner Nähe keineswegs.

Martin deutete das Signal zur Weiterfahrt an und raunzte Gisela gleich an: „Wenn er dir was getan hätte! Dem ist doch alles zuzutrauen! Du hast mir versprochen, keine Alleingänge mehr zu machen."

„Ja, ja, ist schon gut. Ist doch nichts passiert. Ich wollte nur mal seine Stimme hören und ihm in die Augen sehen. Eigentlich wollte ich ihm das Foto von Pawel unter die Nase halten, aber ich habe mich doch nicht getraut."

„Was wolltest du? Das darfst du niemals machen, der ist doch unberechenbar. Ich glaub, ich muss dich noch an die Kette legen!"

Auch Anton hatte Einwände: „Im Grunde ist es eine gute Idee, ihn mit dem Foto zu konfrontieren. Aber so, wie wir ihn erlebt haben, solltest du das besser lassen. Mach doch noch einen Abzug und schicke ihm das Bild per Post und fordere ihn auf, dich über Handy anzurufen. Mal sehen, was dann passiert. Oder nimm besser meine Nummer, ich kann doch mit der Sache nichts zu tun haben."

In der Straßenbahn begannen sie, neue Pläne zu schmieden, um Tegge aus der Reserve zu locken. Unterwegs spendierte Martin ein Mittagessen für alle. Was sollten sie jetzt mit dem angefangenen Tag machen? Normalerweise stand um diese Zeit ein Mittagschläfchen auf dem Programm, doch die Sonne schien so herrlich, dass sie noch einige Zeit an der frischen Luft verbringen wollten. Nachdem sie den Großstadttrubel hinter sich gelassen hatten und sich wieder in ländlichen Gefilden befanden, bog Martin in eine kleine Seitenstraße ab. „Was haltet ihr von einem Spaziergang?", fragte er seine beiden Freunde.

„Viel! Lass uns ein Stück spazieren gehen, was meinst du Anton?", fragte Gisela. Auch er ließ sich dazu überreden und so bogen sie in einen schmalen Feldweg ab. Weil der Weg ziemlich uneben war, hakte Anton sich fest bei Martin ein. Landwirtschaftliche Fahrzeuge hatten tiefe Spuren hinterlassen.

„Na, wird das auch gehen, Anton?" Seine Begleiter zeigten sich besorgt um ihn, doch der war der Meinung: „Ich hab doch einen starken Mann an meiner Seite. Gehen wir noch ein Stück! Es riecht so herrlich nach Frühling." Martins Wagen war schon nicht mehr in Sichtweite, als sie auf einer Bank Platz nahmen. Neben dem Weg verlief ein schmaler Bach, an dessen Ufer sich die jungen Pflanzen ans Licht drängten. Giselas Begeisterung für das Frühlingserwachen hatte etwas von der eines kleinen unbeschwerten Mädchens. „Schau doch mal die verschiedenen Grüntöne an. Wollen wir

'Ich sehe was, was du nicht siehst' spielen?" Doch da erschrak sie kurz: „Bitte entschuldige, Anton. Einen Moment habe ich vergessen...!"

„Das macht nichts. Spielt nur und ich mache mit! Ich fange an: Ich sehe was, was ihr nicht seht und das ist Gelb!"

Die Antworten von Martin und Gisela kamen spontan: „Hundeblumen oder besser Löwenzahn? Hahnenfuss? Das Rapsfeld dahinten? Schöllkraut? Ein Zitronenfalter?" Anton verneinte und griente vor sich hin. Der Rainfarn blühte noch nicht. Das Blattwerk einiger Wasserlilien war zwar schon zu sehen, aber noch kein Blütenansatz, der auf die Farbe schließen ließ. Was konnte er meinen? Sah er doch mehr, als er zugab? Aber beide fanden nichts anderes und drängten Anton zur Auflösung.

„Ist doch ganz einfach. Ich meine den gelben Knopf im Gänseblümchen! Oder gibt es hier keine?"

Gisela und Martin mussten sich geschlagen geben. „Aber lasst mich doch raten, was ihr Weißes seht!" Anton fühlte sich zurückgesetzt in die Zeit, in der er noch sehen konnte. Er war dreizehn, als er sein Augenlicht durch eine Krankheit fast vollständig verlor. „Also Gänseblümchen, die Puschel von den Pusteblumen! Gibt es auch Wiesenschaumkraut? Und Buschwindröschen, ach, die sind bestimmt schon verblüht. Für Schafgarbe ist es wohl noch zu früh!" Es war erstaunlich, wie er in dieser Umgebung seine Vorstellungskraft und sein Erinnerungsvermögen aktivierte. Er freute sich wie ein kleiner Schneekönig über das, was er sich vorstellte und die beiden möglicherweise sehen konnten. Gisela beschrieb ihm noch weitere Blüten von Sträuchern und Büschen, deren Namen ihr und auch Martin nicht bekannt waren. Martin pflückte einen kleinen Zweig ab, um Anton fühlen und daran riechen zu lassen. Diese Stunde in der Natur berührte jeden von ihnen auf unterschiedliche Weise. Sie erinnerten sich an ihre Kindheit, als sie die einzelnen Blüten aus dem Klee gezupft hatten, um den Nektar herauszusaugen. Martin war der Geschmack der jungen Sauerampferblätter noch gegenwärtig. Anton fiel wieder ein, dass er früher von den kräftigen Gräsern ein Stück abgerissen hatte und das Blatt spaltete. Damals blies er durch diesen Schlitz und erzeugte ein lautes Tröten, das ihm wieder in den Ohren klang. Er wusste noch vom Kitzeln auf den Lippen zu berichten, das durch die Vibration entstand. Bevor sie jedoch allzu wehmütig wurden, lenkte Anton das Gespräch wieder auf den Mordfall und wollte wissen, wie es weitergehen könnte.

„Am besten, ich kauf morgen mal in Tegges Hofladen ein. Es kann nicht schaden, mir die Eltern der missratenen Söhne einmal anzuschauen."

„Kauf aber keine Äpfel, davon liegen ja noch genug im Wagen!"

„Ich werde schon etwas finden, was wir brauchen können."

Giselas Vorschlag wurde akzeptiert, denn es bestand keine Gefahr, dass ihr dort etwas zustoßen würde. Selbst Martin war der Meinung, dass es besser sei, nicht immer als Trio aufzutreten.

Langsam machten sie sich auf den Rückweg. Noch etwa fünfzig Meter waren zu laufen, bis sie Martins Wagen wieder erreicht hatten, als sie auf der Landstraße einen schwarzen Ford vorbei rasen sahen. Sicher waren sie nicht, aber es hätte durchaus besagter Wagen mit dem polnischen Kennzeichen sein können. Die Zeit reichte nicht, um Martins Auto zu erreichen, zu wenden, um dann den Raser einzuholen. Die Entfernung war zu groß, um das Kennzeichen zu erkennen.

„Mein Bauchgefühl sagt mir, dass er es war!" meinte Martin und Gisela wunderte sich, dass plötzlich auch ihr Partner Bauchgefühle in Sachen Verbrecherjagd verspürte.

Abends meldete sich Gaby bei Gisela. Nachdem sie zunächst etwas herum gedruckst hatte, kam sie zur Sache: „Ich möchte dich mal etwas fragen, Gisela? Du darfst mir aber nicht böse sein!"

„Sicher, frag nur. Was möchtest du wissen?"

„Du meldest dich so selten, seitdem ich dir von meiner Hochzeit erzählt habe. Ist irgendetwas nicht in Ordnung?" Gisela beteuerte, dass sie sich sehr über die Hochzeit freue. Es blieb ihr nun nichts anderes übrig, als wenigstens ein paar Andeutungen über ihre Aktivitäten zu machen.

„Weißt du, ich bin da einer Sache auf der Spur, die aber noch nicht spruchreif ist. Zum gegebenen Zeitpunkt werde ich Kalle und Michael wohl wieder bemühen, aber dafür ist es noch viel zu früh. Mach dir keine Sorgen, es geht mir gut. Auch mit Martin ist alles in Ordnung. Ach, du meine Güte, mir fällt gerade ein, dass er sich womöglich noch von eurer Heiraterei anstecken lässt. Was ich wohl sagen würde? Also noch mal, ich freue mich riesig für euch und bin schon gespannt auf die Feier! Entschuldige, ich wollte dich nicht vernachlässigen. Kann ich es wiedergutmachen, wenn wir uns morgen Mittag treffen?" Gaby war glücklich über die Verabredung mit ihrer Tante und Gisela hatte gleich die Idee, vorab das verhasste Date mit Dr. Schäfer hinter sich zu bringen. Dem ließ sie umgehend eine entsprechende Mail zukommen. Das bedeutete schon wieder ein volles Programm für den nächsten Tag.

Morgens beeilte sie sich, um zuerst im Hofladen der Tegges einzukaufen. Als sie auf das Anwesen zufuhr, kamen ihr Notarzt- und Krankenwagen mit Blaulicht und Martinshorn entgegen. Auf dem Parkplatz erfuhr sie schon von anderen Kunden, dass der alte Herr Tegge wegen eines Herzinfarktes auf dem Weg ins Krankenhaus sei. Den Einkauf sollte sie besser verschieben. Die alte Frau Tegge hatte jetzt sicher andere Sorgen, als sich von ihr ausfragen zu lassen. Sie blieb noch eine Weile am Wagen stehen und schnappte Gesprächsbrocken von Kunden und Angestellten auf.

„Hat sich zu viel zugemutet...!"

„Ist ja auch nicht mehr der Jüngste...!"

„Hätte mal kürzer treten sollen...!"

„Und dann immer der Ärger mit den Söhnen...!"

„Schade, dass die Schwiegertochter nicht mehr da ist. Die war doch immer so nett...!"

Während Gisela noch unschlüssig war, ob sie sich in die Gespräche mit einmischen sollte, erschrak sie, wie auch die anderen Kunden, über eine laute, polternde Stimme. Einer der Söhne war aus dem Haus gekommen und brüllte die Leute an: „Verschwindet alle, hier gibt es nichts zu sehen! Heute ist geschlossen!"

Die Ähnlichkeit zu dem jungen Mann am Apfelstand war unschwer zu erkennen. Dieser schien der Jüngere von beiden zu sein. Die kleine Gruppe löste sich nur langsam auf und die Menschen machten den Eindruck, sich nicht ohne weiteres verscheuchen zu lassen. Zwei Frauen schoben ihr Fahrrad bis zum Fahrbahnrand und unterhielten sich aufgeregt weiter. Drei Autos verließen den Parkplatz. Gisela sprach die beiden Frauen an: „Was war das denn für ein Auftritt? Ist der immer so charmant?"

Die eine Frau war noch immer ganz außer sich: „Kein Wunder, dass der Vater krank wird. Gestern war erst der Gerichtsvollzieher da und heute kommt er ins Krankenhaus. Das hat er nur seinen Söhnen zu verdanken. Einer ist so schlecht wie der andere!" Jetzt sah Gisela ihre Chance: „Was ist mit den Söhnen? Helfen die nicht mit?" Die Antwort auf ihre letzte Frage war dabei weniger von Interesse.

„Die Tegges waren immer anständige, fleißige und ehrliche Leute. Die Jungen helfen zwar mit, aber sie brauchen scheinbar viel zu viel Geld. Wer weiß, wo sie es lassen. Vielleicht verspielen sie es auch. Jens, der Ältere, hat seine Frau schon nach einem halben Jahr vom Hof geekelt. Dabei war sie so tüchtig und verstand sich gut mit den Schwiegereltern. Das eben war Sven, er ist genauso ein Taugenichts wie Jens. Mit beiden ist nicht gut Kirschen essen. Wo sie auftauchen, gibt es Streit. Wenn sie auf dem Schützenfest erscheinen, dauert es nicht lange, bis sie eine Schlägerei anfangen. Wer weiß, woher sie das haben? Der Alte sollte sie vom Hof jagen!"

Gisela hatte genug gehört, das alles musste sie erst verdauen. Gerichtsvollzieher! Finanzielle Schwierigkeiten auf einem Hof wie diesem erschienen ihr kaum vorstellbar. Ihre Vermutung, dass die Söhne erpresst wurden, lag nahe. Wie um alles in der Welt konnte sie den Focus-Fahrer ausfindig machen? Da würde allenfalls ein Zufall helfen. Sie bedauerte, dass sie bislang kein Angebot auf ihre Anzeige hin erhielt. Es war aber auch eine fixe Idee von ihr, pro forma eine Lagerhalle zu suchen. Immerhin war es einen Versuch wert gewesen.

„Na, wie viel Kilo Äpfel hast du mitgebracht?" wollte Martin wissen.

„Äpfel gab es nicht. Die Tegges haben heute kein Geschäft gemacht." Gisela erzählte aufgeregt von ihrem Besuch im Hofladen und von allem, was sie dort erlebt und gehört hatte. Eine Weile diskutierten sie noch zu Dritt, bis Gisela sich für den Besuch bei Gaby umziehen wollte. Martin wunderte sich nicht schlecht, als sie in ihren ältesten Jeans und einer Bluse erschien, die sie erst neulich hatte ausrangieren wollen.

„Willst du nichts Schickeres anziehen? So kenne ich dich gar nicht – schon gar nicht, wenn du dich mit Gaby treffen willst."

„Ich hab mir das türkisfarbene Kleid eingepackt. Es ist so warm, dann wird es schon vorher kraus und das ist mir zu schade. Für unterwegs soll das reichen, ich werde mich unterwegs umziehen!"

Martin schüttelte den Kopf. Er konnte ja nicht ahnen, dass Gisela mit diesem Outfit einen möglichst unvorteilhaften Eindruck bei Dr. Schäfer hinterlassen wollte. Unterwegs zermarterte sie sich das Hirn über Möglichkeiten, sich unattraktiv zu geben. Sie sah ein, dass das alles Blödsinn war. Bevor sie losgefahren war, hatte sie ihm ein Treffen in der Cafeteria auf dem Klinikgelände vorgeschlagen. So, wie sie jetzt aussah, wollte sie ihm dann doch nicht gegenübertreten. Am besten war noch, ihm klipp und klar die Wahrheit zu sagen: das sie in festen Händen war. Mit einer Plastiktüte in der Hand verzog sie sich in eine Toilette und zog sich um. Jetzt war sie wieder die Gisela, wie man sie kannte: schick und elegant. Sie suchte in der Cafeteria nach Dr. Schäfer. Der strahlte ihr entgegen, erhob sich von seinem Platz, um sie zu begrüßen.

„Bitte entschuldigen Sie, dass ich nur wenig Zeit habe", fing Gisela an und erzählte dann wahrheitsgemäß von Martin, dem sie Heimlichkeiten jeglicher Art ersparen wollte. Sie bedankte sich noch einmal wortreich für seine Hilfe bei der Blutgruppenbestimmung. Sichtbar enttäuscht und traurig reagierte Dr. Schäfer, dem sie soeben eine klare Absage erteilt hatte. Ihm blieb nichts anderes übrig, als sich geschlagen zu geben. Ob er ihr oder sich selbst noch ein kleines Hintertürchen offen hielt, wurde nicht ganz klar, als er einräumte: „Wenn sie meine Hilfe noch einmal benötigen, bin ich gern dazu bereit."

Das war gut zu wissen, besser war es jetzt aber, das Gespräch in eine andere Richtung zu lenken. Gedankenaustausch über Urlaub und Urlaubspläne erschienen ihr da angebracht. Die Dreiviertelstunde überstand sie besser als gedacht. Dennoch war sie froh, als sie sich von ihm verabschieden konnte und wieder zurück nach Syke fuhr. Hoffentlich gelang es ihr hier, die Aktivitäten rund um die Suche nach dem Mörder geheim zu halten.

Ein liebevoll gedeckter Tisch auf der Terrasse erwartete Gisela. Gaby begrüßte ihre Tante herzlich und war froh über das Treffen zu zweit. Thema Nummer eins war natürlich die bevorstehende Hochzeitsfeier. Sogar die erlesene Menüauswahl gab Gaby preis. Sie unterhielten sich ausgiebig über den Blumenschmuck und die weitere Dekoration. Alles war bis in die letzte Kleinigkeit geplant. Weil sich auch Nadine trotz fortgeschrittener Schwangerschaft wohlfühlte, konnte nichts mehr schief gehen, es sei denn, Petrus zeigte sich am Hochzeitstag ungnädig.

Irgendwann fing Gaby doch an zu bohren: „Sag mal, wie kriegst du deine Zeit rum? Was macht ihr den ganzen Tag lang? Nur Hausfrauenarbeit und ein bisschen spazieren gehen, das kann dich doch nicht ausfüllen. Liest du viel?" Gisela gelang es, ihre Nichte zu beschwichtigen, ohne etwas von ihren Recherchen zu verraten.

„Das ist schon in Ordnung. Martin, Anton und ich passen wirklich gut zusammen. Langeweile kennen wir überhaupt nicht, zumal wir die gleichen Interessen haben. Mir konnte nichts Besseres passieren, als Martin über den Weg zu laufen. Auch Anton ist auf seine Art etwas

Besonderes. Ist schon erstaunlich, wie er sein Leben meistert. Er ist sehr dankbar für das Zusammenleben in unserer WG. Als er sich damals vorstellte, sprach er von einer Freundin. Komisch, die hat ihn noch gar nicht besucht. Auf sie muss ich ihn unbedingt einmal ansprechen. Ist auch seltsam, früher hatte er immer Patienten und Kollegen um sich. Und jetzt? Ohne uns wäre er ziemlich einsam. Manchmal kann er richtig albern sein."

Dann kam doch noch, was kommen musste. Gaby sah ihre Tante an und fragte: „Ich kenne dich inzwischen so genau und glaube, da ist doch noch etwas, was du mir eigentlich erzählen möchtest!

Du ermittelst doch nicht etwa immer noch wegen der Fundstücke in der Lagerhalle?"

„Ach, nur ein ganz klein bisschen! Ist nicht der Rede wert. Und vor allem bin ich ja nicht allein. Martin und Anton helfen mir dabei."

„Anton mag ja ganz nett sein, ich frage mich aber, wie er dir dabei helfen kann."

„Da wirst du dich wundern, der hat manchmal richtig gute Ideen. Aber noch ist nichts spruchreif. Wenn es so weit ist, brauche ich bestimmt wieder Kalles und Michaels Hilfe. Das ist noch in weiter Ferne, ich werde euch rechtzeitig alles berichten. Heiratet ihr erstmal, das ist viel wichtiger. Weißt du, dass du richtig glücklich aussiehst?"

Geschickt lenkte Gisela von dem brisanten Thema ab, obwohl sie Gaby gern ins Vertrauen gezogen hätte, wo sie doch sonst keine Geheimnisse vor ihr hatte.

Erst auf dem Heimweg kam Gisela wieder ins Grübeln. Keine Frage, die Tegge-Söhne waren brutal und konnten ihr gefährlich werden, wenn sie leichtsinnig vorging. Und der Focus-Fahrer? War er tatsächlich ein Erpresser? Alles passte aus ihrer Sicht haargenau zusammen. Noch einmal setzte sie all ihre Ergebnisse wie Mosaiksteinchen aneinander, es fehlte keines. Wie sehr beneidete sie die echten Kriminalisten, die sich dank ihres Ausweises einen ganz anderen Auftritt verschaffen konnten. Ob Kalle schon auf eine andere Idee gekommen wäre? Der hatte sich sein Know-how in jahrelanger Praxis erworben. Sollte sie den Vorgang jetzt bei der Polizei melden? Nein, es ging einfach nicht, weil es zu früh dazu war, denn ihr fehlten noch die wichtigsten Fakten. Oder nun einfach aufgeben und alles hinschmeißen? Das würde auch bedeuten, dass ein Mord für alle Zeiten ungesühnt blieb. Genau das konnte und wollte sie nicht zulassen. Doch wie sollte sie weiter vorgehen? Das Gefühl, in einer Sackgasse festzustecken, machte sich breit.

Als sie wieder Zuhause angekommen war, überraschten Martin und Anton sie mit einem ganz neuen Einfall. Martin wollte wissen: „Sag mal, mein Hummelchen, kannst du eigentlich Fahrrad fahren?"

„Vor vierzig Jahren konnte ich es zumindest noch!"

„Was hältst du davon, wenn wir uns Fahrräder anschaffen? Dann können wir bei schönem Wetter etwas für unsere Gesundheit tun.

Ein bisschen mehr Bewegung wird uns allen gut tun, vor allem in der frischen Luft. Anton und ich werden dann ein Tandem kaufen."

Gespannt warteten die Männer auf Giselas Zustimmung. Vermutlich hatten sie sich die Fahrradtouren schon in allen Facetten vorgestellt und waren kaum noch zu bremsen.

„Es spricht im Grunde nichts dagegen. Ich weiß nur nicht, ob ich Zeit dafür habe. Mich belastet die Geschichte so, dass ich kaum an etwas anderes denken kann."

Anton wusste geschickt zu vermitteln: „Dann könnten wir die komplette Gegend zwischen Bassum, Syke, Harpstedt und Twistringen durchkämmen und finden bestimmt die Scheune, in der die Autos umgespritzt werden und der

Ford-Focus versteckt wird. Die Scheune wird ja eher abseits und nicht gerade an der Hauptstraße stehen. Beim Fahrradfahren bekommst du einen freien Kopf und kannst noch viel besser neue Ideen entwickeln." Es dauerte nicht lange, bis sie Gisela zum Fahrradkauf überredet hatten. Am nächsten Tag wollten sie gleich einen Fahrradhändler aufsuchen.

Gisela erzählte noch von ihrem Besuch bei Gaby. Das Treffen mit Dr. Schäfer behielt sie lieber für sich. Danach unterhielten sie sich noch eine Weile über die Familie Tegge.

Giselas und Martins Schlafräume waren für Anton tabu. Noch nie hatte er diese Zimmer betreten, außerdem wusste er meistens gar nicht, ob die beiden oben oder unten gemeinsam schliefen oder ob sie ausnahmsweise die Nacht getrennt verbrachten. Doch in dieser Nacht klopfte Anton ziemlich verlegen zunächst an Giselas Schlafzimmertür. Als er keine Antwort erhielt, ging er nach oben und versuchte sein Glück bei Martin. Nach mehrmaligem Klopfen regte sich etwas und Martin öffnete dem verschreckten Anton die Tür.

„Bitte entschuldigt, ist mir ganz peinlich, dass ich euch wecken muss. Aber unten bei mir wird immer etwas gegen die Fensterscheibe geworfen. Tok, tok! Dann ist wieder Ruhe und gleich geht es wieder von vorne los. Mir ist ganz unheimlich und ich kann nicht schlafen, solange ich nicht weiß, was da los ist."

Martin zog sich etwas über und ging mit Anton nach unten, um der Sache nachzugehen. Tatsächlich: tok, tok, tok! Was um alles in der Welt mochte das sein? Steinchen waren es nicht, die da gegen die Scheibe geworfen wurden, es hörte sich anders an. Da auch Martin keine Erklärung dafür fand, öffnete er zunächst die Jalousien, konnte aber wegen der Dunkelheit nichts entdecken. Immer wieder hörten sie deutlich die Klopfgeräusche. Mutig öffnete Martin die Terrassentür und schaltete die Außenbeleuchtung an. Lachend kam er wieder herein: „Anton, du kannst beruhigt weiter schlafen. Das waren ein paar dicke Maikäfer, die in dein Zimmer wollten. Ich glaube, zwei hatten schon einen Schädelbruch. Sicher brannte dein Licht noch."

Erleichtert fiel Anton wieder in sein Bett. Wie schön war es doch in Osterbinde, nur manchmal eben etwas unheimlich. Wenn es doch für alles eine so harmlose Erklärung gäbe!

Morgens gestand Anton: „Ist ja schon ganz schön weit mit mir gekommen, dass ich Angst vor Maikäfern habe."

„Mach dir bloß keine Sorgen, weil du mich geweckt hast. Das hörte sich wirklich gruselig an. Dieses eigenartige Geräusch hätte ich auch nicht einordnen können, wenn ich mich nicht selbst davon überzeugt hätte."

Als nächstes freuten sie sich auf den Kauf der Fahrräder, zumindest die Männer, denen es gelang, Gisela mit ihrer Vorfreude anzustecken. Martin hatte sich schon mit Herrn Lindemann unterhalten, der ihm den Tipp gab, sich einmal an den Fahrrad-Experten Jan zu wenden. Deshalb entschlossen sie sich für die Firma „fahrWerk" in der Kirchstraße, einem hiesigen Fachgeschäft, in dem ihnen die Räder sicher auch montiert würden. Frau Lindemann erwischte die Drei gerade noch, bevor sie aufbrachen und wollte schnell eine Neuigkeit loswerden: „Ich war gestern bei Frau Tegge. Die Arme tut mir so leid, weil jetzt die ganze Arbeit an ihr hängen bleibt. Ich habe ihr angeboten, nachmittags den Hofladen zu übernehmen, damit sie ihren Mann besuchen kann. Dadurch habe ich die Gelegenheit, etwas spionieren zu können. Ist ja auch mal eine kleine Abwechslung für mich."

„Sieh an, da hilft uns noch jemand", dachte Gisela und freute sich über den freiwilligen Einsatz ihrer Vermieterin.

Jan war nicht da. Ein Mitarbeiter, der sich gerade mit der Reparatur eines Fahrrades beschäftigte, erklärte: „Jan kommt gleich wieder, der macht gerade eine Testfahrt."

Etwas verwundert sahen Gisela und Martin sich an, als sie plötzlich einen Radfahrer die Kirchstraße bergab in Richtung Kirche rasen sahen. Kurz darauf erschien dieser wieder im Blickfeld, als er kräftig in die Pedale tretend bergauf für. Wenige Minuten später wussten sie, dass es sich bei dem gesehenen „Testfahrer" um den besagten Jan handelte. Ein Tandem hatte der Fachmann nicht am Lager, er musste es erst bestellen. Besonders Martin ließ sich fachkundig beraten und mit Anton zusammen entschloss er sich für ein exklusives Modell. Für Gisela standen mehr als genug passende Fahrräder bereit. Es dauerte nicht lange, bis sie sich für eins mit Fünfgangschaltung entschieden hatte. Ein Pedelec oder ein E-Bike hatte sie ausgeschlossen, sie wollte selbst strampeln, wie sie es beschrieb. Die Männer gingen mit vor die Tür und sahen ihr bei der Probefahrt zu. Es war seltsam, dass sich Anton in solchen Situationen wie ein Sehender verhielt. Er freute sich über Martins Äußerung: „Sogar auf dem Fahrrad macht sie eine gute Figur."

„Zuerst war das eine ganz schön wackelige Angelegenheit, aber dann gab es keine Schwierigkeiten mehr", gestand Gisela. Sie erinnerte sich daran, wie sie als kleines Mädchen gelernt hatte, mit dem Fahrrad zu fahren, nachdem die Stützräder entfernt wurden. Lange wurde sie damals damit aufgezogen, weil sie das Gleichgewicht nicht halten konnte und immer wieder hinfiel, was sie zu einer Äußerung veranlasste: „Das geht nicht, weil mein Popo zu rund ist!"

Was sollten sie mit dem angebrochenen Vormittag noch anfangen? Sie einigten sich, etwas über Land zu fahren. Wenn ihnen das, wonach sie suchten, dabei nicht ins Auge fiel, würden sie wenigstens die herrliche Natur genießen. Martin nahm Kurs auf seine alte Heimat Harpstedt. Nach etwa der halben Strecke hielt Martin am Straßenrand an und erzählte den beiden von der Geschichte der Mordbrücke, die sich in Sichtweite befand.

Hier sollte vor ungefähr 180 Jahren ein Soldat einen befreundeten Briefträger aus Habgier erschossen haben. Täter und Opfer sollten der Überlieferung nach am Vorabend in einer Harpstedter Schenke gezecht haben. Der Briefträger Thöle war am nächsten Morgen in

Richtung Bassum unterwegs, in seiner Tasche befanden sich 40 Taler. Der angebliche Freund, der Soldat Schröder, lauerte dem achtfachen Vater Thöle auf und erschoss ihn, um ihm dann die Postsachen zu rauben. Das Verbrechen soll dank einer Zeugenaussage aufgeklärt worden sein. Seitdem trägt die unscheinbare Brücke den Namen „Mordbrücke".

Gisela und Anton hatten aufmerksam zugehört und Gisela fand die kleine Brücke über den Varreler Bach eher idyllisch, obwohl lediglich kurze Leitplanken als Gelände dienten. Anton aber meinte: „Wie gut, dass der Fall geklärt ist, sonst hättest du auch hier noch recherchiert. Ein Jammer, dass die Mörder bis heute nicht ausgestorben sind!"

Auf dem Rückweg wollten sie noch etwas in der freien Natur verweilen. Gisela kündigte an, einen Brief an Pawel zu schreiben. Der Arme sollte nicht das Gefühl haben, bei den Menschen, denen er sein Vertrauen geschenkt hatte, in Vergessenheit zu geraten. Ihr fiel noch eine ganz wichtige Frage ein. Sie hatte Pawel zwar gefragt, ob ihm etwas über eine Autoschieberei bekannt war, was er verneinte. Die Frage, ob sich noch Autos in der Lagerhalle befanden, als er seinen toten Bruder fand, hatte sie ihm damals aber nicht gestellt. Schon um darauf eine Antwort zu bekommen, war der Brief sehr wichtig.

Wieder auf dem Rückweg unterbrach Martin Giselas Gedanken und deutete auf das markante gelbe „M" auf rotem Grund: „Schau mal, die gibt es auch überall."

„Wen oder was meint ihr?", wollte Anton wissen.

„Ist nur McDonalds, Anton."

„Können wir da nicht mal essen? Ich war noch nie da. Heute darf ich das Essen spendieren und ich wünsche mir, dass wir da heute essen, bitte!"

„Anton, ich glaube, das ist nichts für uns!"

Aber weshalb sollten sie Anton nicht den Gefallen tun? Er könnte bald um eine Erfahrung reicher sein.

Auf dem Parkplatz fanden sie gerade noch einen freien Platz. Einige Kunden fuhren an den Autoschalter, um von dort aus die Bestellung aufzugeben und das Essen vom Wagen aus in Empfang zu nehmen. Gisela und Martin vermuteten richtig, dass sie dort die ältesten Gäste sein würden. Die Tische im Freien waren komplett belegt. Sie mussten ohnehin das Restaurant betreten, um sich ihr Gericht auszusuchen. Gisela spürte, wie sie dabei im

Weg standen, denn die anderen Gäste wussten offensichtlich genau, was sie wollten.

„Anton, nimm du am besten Chicken Nuggets mit Pommes und dazu ein Getränk, okay? Trinken wir Wasser?"

Auch Anton spürte die Hektik, ihm war inzwischen alles recht, obwohl er so gern mal einen echten Burger gegessen hätte. Er war froh, dass Martin ihn zum Tisch begleitete. Gisela nahm derweil die Getränke und die Pommes in Empfang, der Rest sollte gleich serviert werden. Martin richtete alles für Anton, der jetzt problemlos essen konnte.

„Schmeckt gar nicht schlecht. Hab ich bestimmt vor zwanzig Jahren das letzte Mal gegessen", meinte Gisela und steckte sich zwischendurch die Pommes in den Mund. „Ist nur ein bisschen trocken. Irgendwie klebt das Brötchen am Gaumen fest", stellte Martin fest. „Dann trink dein Wasser!", empfahl Gisela. Zu spät, denn Martin hatte einen nicht zu stoppenden Hustenreiz entwickelt. Nachdem Anton nun auch noch ein Fleischstück über die Brust rutschte, wollte Gisela ihn wenigstens notdürftig mit der Serviette reinigen. Doch es wurde wichtiger, Martin den Rücken zu klopfen, der vergeblich gegen seinen Hustenreiz ankämpfte. Er gestikulierte auf einem Mal ganz wild, war aber nicht in der Lage, auch nur ein Wort zu sprechen. Immer wieder zeigte er auf den Autoschalter, stand hustend auf und wollte Gisela mit sich ziehen. Was hatte Martin bloß? Ihr Essen war schon abgekühlt, eigentlich sollte sie sich jetzt mal um sich selbst kümmern. Martin japste immer noch nach Luft. Seine ersten Worte, die sie verstand, waren: „Da! Da war der Ford-Focus! Ich hab ihn genau wieder erkannt! Oh, guck mal, der fährt schon wieder weg."

Teils belustigt, teils wütend schauten sie dem Wagen hinterher. Das restliche Essen hätten sie getrost stehen lassen können, doch es war zu spät, so überstürzt die Verfolgung aufzunehmen. Um eine Erkenntnis waren sie allerdings reicher: Der Focus-Fahrer mit dem polnischen Kennzeichen hielt sich noch in der Gegend auf. Und über eins waren sie sich einig: McDonalds wollten sie in Zukunft lieber der jüngeren Generation überlassen. „Ist schon gar nichts für Blinde, egal ob die nun jung oder alt sind", sah Anton ein.

„Anton, damit du mitreden kannst, nehmen wir gleich noch einen echten Hamburger mit, den du zuhause genießen kannst. Glaub mir, es ist besser so!"

Und das erwies sich als richtig.

„Halt ihn gut fest, am besten mit beiden Händen, sonst flutscht dir der Inhalt aus dem Brötchen", warnte Martin. Zu spät, denn Tomatenscheibe und Salatblatt nahmen ihren Weg über den geschmolzenen Käse, der zur idealen Rutschbahn geworden war und „verzierten" Antons gerade ausgewechseltes sauberes T-Shirt. Anton war froh, dass den anderen Gästen der Anblick erspart geblieben war.

Als sich die Gemüter wieder beruhigt hatten, fuhr Martin auf den Parkplatz bei der Freudenburg. Hier konnten sie noch ein wenig bummeln und auf einer Bank sitzend die Seele baumeln lassen. So recht mochte Gisela sich allerdings nicht fallen lassen, denn sie ärgerte sich, dass sie mit ihren Recherchen noch nicht weiter voran gekommen war. Weshalb sollte sie Pawel schreiben? Viel besser wäre doch ein Anruf, den sie noch am Abend erledigte. Sie merkte, dass Pawel richtig froh war, Giselas Stimme zu hören. Er berichtete von seinem neuen Arbeitsplatz in einem Gartenbaubetrieb. Vorerst zog er es vor, nicht in Deutschland zu arbeiten. Endlich brachte Gisela die Frage an, mit der sie sich seit dem Vormittag befasste: „Pawel, standen in der Lagerhalle Autos, als Sie ihren Bruder fanden? Es ist sehr wichtig, bitte denken Sie genau nach." Dann erzählte sie von dem Gespräch mit Bianca. Er seufzte, als er ihren Namen hörte, denn er war der Meinung, dass sein Bruder noch leben könnte, wenn die beiden kein Verhältnis miteinander eingegangen wären. Gisela machte ihm glaubhaft, dass Bianca Andrzej wirklich geliebt habe und schon gleich nach dem Mordfall aus Osterbinde weggezogen sei. Auch sparte sie nicht aus, dass Bianca über Andrzejs plötzliches Verschwinden sehr verärgert gewesen war. Immer noch hatte sie auf ein Lebenszeichen von ihm gehofft, bis zu dem Tag, als Gisela ihr die Todesnachricht überbrachte. Das waren für Pawel ganz neue Aspekte, die er erst einmal sacken lassen musste. Gisela drängte erneut: „Erinnern Sie sich daran, ob noch Autos in der Halle standen?"

„Ich weiß es nicht genau. Hinter dem Eingangstor hing, glaube ich, eine Plane. Hinten rechts sah ich ein paar brennende Kerzen, die in einem Glas standen. Ich hatte nur eine Taschenlampe mit und bin gleich dem Kerzenschein nachgegangen. Und da lag ja auch mein Bruder."

„Sind Sie sicher, dass Sie zu diesem Zeitpunkt allein in der Halle waren?"

„Das habe ich angenommen. Sonst habe ich nichts gesehen oder gehört. Ich hatte nur den Gedanken, meinen Bruder so schnell wie möglich wegzuschaffen. Wie kommen Sie darauf? Meinen Sie, dass mich jemand beobachtet hat?"

„Ja, das kann durchaus möglich sein. Bianca war häufiger in der Halle und sie wusste, dass dort Autos standen. Vermutlich wurden die da tatsächlich umgespritzt. Ich bin darauf gekommen, weil es bei den Fundstücken keinerlei Kerzen, Teelichter oder Gläser gab. Es ist davon auszugehen, dass der Mörder die Beweisstücke wegschaffte und dabei beobachtet wurde. Dieser Zeuge muss die entsorgten Sachen wieder in die Halle gebracht haben, in der Hoffnung, dass sie gefunden werden. Es spricht einiges dafür, dass Jens und Sven Tegge erpresst werden. Noch habe ich keine Ahnung, von wem. Das heißt, wir haben da eine Spur, aber es ist schwer, sie zu verfolgen."

„Welche Spur?"

„Ein junger Mann, gepflegt, schwarz gekleidet, dickes Goldkettchen, fährt einen ziemlich neuen schwarzen Ford mit polnischem Kennzeichen. Im Baumarkt interessiert er sich für Staubmasken und Kompressoren, obwohl er äußerlich den Eindruck macht, er hätte noch nie in seinem Leben arbeiten müssen. Sein Fahrstil ist ziemlich rücksichtslos."

„Hm, das kann eigentlich nur Adam Kowalski aus Katowice sein. Über den haben sich alle Erntehelfer aufgeregt, aber keiner wusste, wie er mal zu Geld gekommen ist. Im letzten Jahr hat er in Stöttinghausen gewohnt. Wir haben immer über den Ortsnamen gelacht, deshalb konnte ich ihn mir gut merken.

Wenn mich nicht alles täuscht, fehlt ihm ein Finger an der linken Hand, ich glaube, es ist der kleine."

„Pawel, Sie sind ein Schatz! Wenn wir Glück haben, wohnt er immer noch da."

Gisela berichtete ihm noch von Tegges Herzinfarkt und versprach, sich bald wieder zu melden. Aufgeregt gab sie die Neuigkeiten an Martin und Anton weiter.

„Ist schon richtig, so viele Typen dieser Art gibt es hier in der Gegend wohl nicht. Aber was macht dich so sicher, dass das der richtige Mann ist? Und vor allem, wie willst du ihn zum Reden bringen?", bremste Martin.

„Dass es der richtige Mann ist...? Du kennst doch mein Bauchgefühl! Aber wie ich ihn auffliegen lasse, dass weiß ich selbst noch nicht. Muss ich morgen wohl wieder zum Einwohnermeldeamt, um an seine Adresse zu kommen. Dieses Mal allerdings in Twistringen."

Anton stellte sich eine kuriose Situation vor: „Wir jagen ihn dann auf dem Tandem und erwischen ihn bestimmt."

Abends machten sie es sich vor dem Fernseher bequem und verfolgten Gisela zuliebe einen „Tatort".

„Ich weiß schon, was wir morgen kochen! Gleich suche ich mir mal im Internet das Rezept für Bigos raus", schlug Gisela vor.

Trotz Krimis schienen ihre Gedanken wieder zu Pawel abzuschweifen. Den Männern sollte ihr Vorschlag recht sein, denn das Kohlgericht hatte ihnen in Polen ausgezeichnet geschmeckt.

Am nächsten Morgen bestand Martin darauf, Gisela nach Twistringen zu begleiten, weil er wieder deren Alleingänge befürchtete. Die Behörde betrat Gisela allein und es entging ihr nicht, wie die Dame hinter dem Schreibtisch die Augenbrauen zusammenzog, als sie nach der Anschrift von Adam Kowalski fragte. Es hatte den Anschein, als riefe der Name keine guten Gedanken bei ihr wach. Diese Gelegenheit musste Gisela unbedingt nutzen und deutete scheinheilig an: „Er wollte uns einen Wagen verkaufen!"

Die Dame hob vielleicht unbewusst den Zeigefinger und antwortete: „Vorsicht! Ich sage nur: Vorsicht! Ich darf Ihnen ja weiter nichts sagen!"

Was wusste sie? Gisela bohrte weiter: „Das hört sich so an, als würden Sie keinen Wagen von ihm kaufen, oder?"

„Nein, bestimmt nicht! Aber verstehen Sie bitte, dass ich Ihnen weiter nichts sagen kann."

„Hat er sich was zu Schulden kommen lassen?"

Trotz ihrer Hartnäckigkeit konnte ihr Gisela keine weiteren Einzelheiten entlocken. Wenigstens hatte sie nun die Adresse: Wiesenweg 28. Das war doch schon etwas und mehr, als sie zu hoffen gewagt hatte. Im Wagen informierte sie umgehend Martin über die Neuigkeiten, die ihn stutzig machten. „Wie alt war die Dame denn? Vielleicht war das schon einmal seine Freundin?"

„Ich schätze sie etwa Mitte dreißig."

„Könnte vom Alter her passen. Vielleicht ist Kowalski aber auch so schlau, dass man ihm bislang nichts nachweisen konnte."

„Lass uns mal eben zum Wiesenweg fahren. Keine Angst, ich bleibe brav im Auto sitzen. Nur mal sehen, wie und wo er wohnt."

Martin ließ sich überreden. Unter Nr. 28 fanden sie ein gepflegtes, ziemlich neues Einfamilienhaus. Zur Untermiete konnte er hier kaum wohnen. Ob es sein eigenes Haus war?

Vielleicht wohnte er hier mit einer Freundin? Welcher Name wohl auf dem Klingelschild stand? Gerade als Martin sich entschlossen hatte, einmal nachzusehen, kam ein gefährlich aussehender Rottweiler bellend um die Hausecke gesaust. Sein Herrchen folgte ihm und Martin erkannte ihn als den Mann aus dem schwarzen Ford Focus, den Gisela jetzt zum ersten Mal zu Gesicht bekam. Weil sie vor dem Nachbargrundstück parkten, fielen sie nicht weiter auf und konnten alles noch eine Weile in Ruhe auf sich wirken lassen. Es gab leider nicht viel mehr zu sehen. Die große Garage war geschlossen und Hund und Herrchen verschwanden wieder hinter dem Haus. „Fahr mal ein kleines Stück weiter", bat Gisela Martin. Sie hatte gerade den Postzusteller mit seinem gelben Fahrrad entdeckt. Schnell drehte sie das Fenster herunter und fragte den Mann mit unschuldigem Blick: „Bitte entschuldigen Sie, sicher kennen Sie sich hier gut aus! Gibt es hier in der Straße eine Ewa Iwanczuk? Ich glaube, sie wohnt Nr. 28, aber da war eben ein großer Hund, der gleich loskläffte. Deshalb mochte ich nicht klingeln. Ich bin nicht sicher, ob es Nr. 28 ist." Das klappte mal wieder wie geschmiert, denn sie erhielt prompt eine Antwort:

„Iwanczuk? Kenne ich nicht. Da wohnt nur ein Kowalski."

Gisela bedankte sich und gab Martin ein Startsignal. „Wie kommst du denn schon wieder auf den Namen?", wollte er wissen.

„Ich wollte mich nur davon überzeugen, ob er allein in einem so tollen Haus wohnt. Iwanczuk, wir hatten mal eine Klientin mit dem Namen in der Kanzlei. Fiel mir gerade so ein und irgendwie polnisch sollte der Name schon klingen."

„Ja, ja, ich weiß schon, demnächst werden wir wohl häufiger nach Stöttinghausen fahren. Wenn der wirklich was mit Autoschiebereien zu tun hat, passiert das bestimmt nicht hier."

„Nun lass man gut sein. Wir müssen noch für das Mittagessen einkaufen, sonst wird das heute nichts mehr mit unserem Bigos."

„Halt, wart mal! Was ist das denn?" Giselas Finger wies auf ein schmuckes grünes Häuschen mit der Aufschrift „Gartencafé". Das sieht ja reizend aus, fahr mal eben hin. Ach, wie passend: Das ist auch noch am Paradiesweg." Schon der Anblick des Cafés auf dem Gelände eines größeren Anwesens begeisterte Gisela und sie brachte die Öffnungszeiten in Erfahrung.

„Da fahren wir gleich am nächsten Wochenende hin!", beschloss Gisela und Martin machte keinerlei Einwände. Er murmelte sich nur in den Bart: „Ja, meine Zuckerschnute, ist bestimmt das Ideale für eine Diabetikerin."

Im nächsten Supermarkt nahm Gisela ihren Einkaufszettel zur Hand und lud die Zutaten in den Einkaufswagen: Weißkohl, Sauerkraut, Speck, Cabanossi, Schweinefleisch, Tomatenmark, Majoran und getrocknete Steinpilze. Kartoffeln und Zwiebeln waren zu Hause noch ausreichend vorhanden.

Das Ergebnis des neuen Rezeptes überraschte die Drei. Nur mit der Menge hatten sie sich verkalkuliert. Da es angeblich aufgewärmt noch besser schmecken sollte und noch reichlich davon vorhanden war, luden sie die Lindemanns für den nächsten Tag zum Essen ein.

Kowalskis Anschrift hatte Gisela zum Glück ausfindig machen können. Wichtig war außerdem zu wissen, wie lange er dort schon wohnte. War er Mieter oder Eigentümer des Hauses? Wenn sie es noch einmal geschickt anstellte, könnte die erste Frage vom Postzusteller beantwortet werden. Den sollte sie am nächsten Tag noch einmal abfangen. Möglicherweise konnte Kowalski sich das Anwesen nach erfolgreicher Erpressung leisten. Sie war sicher, dass sie das alles früher oder später klären würde.

Auch ein Hobby-Detektiv hat mal Feierabend und so war für Gisela eine unvorhergesehene Abwechslung am Abend sehr willkommen. Martin überraschte sie mit einem Vorschlag: „Sag mal, mein Hummelchen, bei der Hochzeit wird doch sicher auch getanzt. Wir haben ja schon vieles gemeinsam unternommen und ausprobiert, aber können wir überhaupt gut zusammen tanzen? Sollten wir am besten mal üben."

Martin hatte Recht, das konnte wirklich nicht schaden. Wie lange mochte es her sein, dass sie das letzte Mal eine Gelegenheit zum Tanzen hatte? Anton schmunzelte: „Ich sag nur Rimski-Korsakow!" Gisela schaute verwundert: „Was meinst du? Klär' uns auf!"

„Ich sag nur Hummelflug!" Antons Scherz kam diesmal nicht so wirklich an.

Später räumten Gisela und Martin ein paar Möbelstücke aus dem Weg und schwangen das Tanzbein. Die ersten Versuche waren nicht gerade vorzeigbar, doch je mehr sie übten, desto besser ließ sich das Ergebnis sehen. Beim Rock'n Roll strahlten sie um die Wette, aber auch ihr Walzer konnte sich sehen lassen.

Am nächsten Morgen erhielten sie einen Anruf aus der Fahrradhandlung. Das Tandem und Giselas Fahrrad waren montiert und abholbereit.

Gisela schlug gleich eine Probefahrt nach Twistringen vor. Ihrer Meinung nach war es bis dahin ein Katzensprung. Schon auf dem Fußweg zum Fahrradgeschäft spürten die beiden Tänzer ihre Oberschenkel und Waden, die sich für die Anstrengung vom Vorabend rächten.

Das Aufsteigen der Männer auf das neue Zweiergefährt erwies sich als schwierig. Jan, der Fahrradhändler sparte nicht mit gut gemeinten Tipps und Gisela bedauerte schon, dass sie nicht an die Digitalkamera gedacht hatte. Da wäre ihr so mancher Schnappschuss gelungen. Irgendwann hatten Martin und Anton das Gleichgewicht gefunden und fuhren los. Ihnen folgte Gisela, die darüber nachdachte, dass der Entschluss zum Kauf der Räder für Anton eine ganz besondere Bedeutung haben musste. Nach etwa zwei Kilometern hielten die Männer an und nahmen somit das Risiko eines erneuten Starts in Kauf. Noch nie hatte Gisela Anton so glücklich gesehen. „Was für ein Gefühl, wenn einem der Fahrtwind ums Gesicht streicht!", strahlte er.

„Anton, wart nur, bis wir in den Genuss der Geschwindigkeiten kommen! Du sitzt ja noch in meinem Windschatten, hier vorn spürt man das noch viel intensiver", meinte Martin. Den Vorschlag, die Plätze zu tauschen, belachten sie ausgiebig. Trotz ihrer gut sechzig Jahre fühlten sie sich wie junge Hüpfer. Den zweiten Start schafften die beiden schon besser.

„Martin, pass auf, da kommt eine Frau mit Hund!" Martin trat heftig in die Bremse und sah Anton fragend an. Gisela wunderte sich, weshalb die beiden schon wieder anhielten. Martin schüttelte den Kopf: „Ich fürchte, Anton veräppelt uns ganz schön! Ob du es glaubst oder nicht: Er hat mich eben auf die Frau mit dem Hund aufmerksam gemacht." Giselas verdattertes Gesicht konnte Anton nicht sehen.

„Ihr wisst doch, dass ich nur Umrisse sehen kann. Und wenn ihr mir jetzt erzählt, dass es ein Schotte im Kilt war, dann habe ich mich tatsächlich getäuscht. Einen Menschen im Rock konnte ich jedenfalls schemenhaft erkennen. Einen, der seinen Arm ein Stück vom Körper anspreizte, vermutlich um einen Hund an der Leine zu führen." Anton verblüffte seine Mitbewohner eben immer wieder.

Ihren Plan, über Twistringen nach Stöttinghausen zu fahren, gaben sie an diesem Tag auf. Sie unterbrachen die Fahrt auf halber Strecke und wendeten. Für die Jungfernfahrt sollte es reichen, denn sie mussten noch zurück nach Osterbinde.

„Lasst uns heute Nachmittag mit dem Auto zum Wiesenweg fahren. Dann muss ich eben bei den Nachbarn nachfragen", schlug Gisela vor. Sie sah nicht, dass Martin schon wieder die Augen verdrehte, als wollte er sagen: „Das kannst du doch nicht einfach machen!"

Gisela konnte! Freundlich sprach sie eine Nachbarin von Kowalski an, die sich gerade im Vorgarten beschäftigte. „Das sind hier aber besonders gepflegte Häuser. Auch die Gärten sehen alle tipptopp aus. So groß wie die Fliederbüsche sind, müssten die Häuser schon vor zehn Jahren gebaut worden sein." Bereitwillig antwortete die Fremde: „Da liegen sie ziemlich richtig. Fast alle Häuser wurden erstmals vor elf Jahren bezogen. Die meisten Anwohner hatten damals schulpflichtige Kinder, die jetzt zum Teil schon ihre eigenen Wege gehen. Was hat sich hier inzwischen nicht alles verändert! Einige Häuslebauer hatten sich finanziell übernommen und verkauften ihr Haus bald wieder."

Martin und Anton blieben etwas abseits stehen und überließen Gisela das Feld. Unterdessen bohrte sie weiter, denn die Frau hinter dem Zaun erwies sich als sehr gesprächig.

„Wie das Leben so spielt: Oftmals ist eine Scheidung oder der Tod eines Partners Ursache

für den Verkauf eines Hauses", meinte Gisela.
Gerade im richtigen Moment fing der Rottweiler
aus der Nachbarschaft an zu bellen.

„Dieser alte Kläffer regt uns alle auf. Da wohnt
ein Pole, der wohl nichts mit uns zu tun haben
will."

„Das ist schade, wenn sich einer nicht in die
Gemeinschaft einfügt."

„Vielleicht ändert er sich ja noch, der hat ja erst
im letzten Jahr das Haus gekauft."

Danke für die Mitteilung – das war's, dachte
Gisela, sagte aber liebenswürdig: „Dann will ich
Sie nicht länger von Ihrer Arbeit abhalten. Ich
wünsche Ihnen noch einen schönen Tag."

„Das war aber eine Nette", dachte Kowalskis
Nachbarin und schaute Gisela hinterher.

Aus etlichen Gärten lachten Gisela die
zartblauen, fast violetten Blüten des Immergrüns
an. Dunkelgrüne Blätter und hellgrüne frische
Triebe bedeckten den Boden und brachten die
Blüten erst richtig zur Geltung. Durch den
Anblick dieser Pflanzen wurde sie unweigerlich
an ihre Zeit im „Immergrün", eine Anlage für
betreutes Wohnen, erinnert. Auch mit Otto hatte
sie sich prächtig verstanden, doch die Zeit mit
ihm war mit dem Leben in der WG in keiner
Weise vergleichbar. So unbeschwert, wie sie
jetzt manchmal sein konnte, hatte Otto sie nie

erleben können. Sie zwinkerte in Richtung Himmel, in der Hoffnung, Otto würde sie sehen.

Als sie wieder zuhause eintrafen, wurde der Ruf der drei Radfahrer nach Pferdebalsam laut. Alle spürten ihren Muskelkater und Anton verpasste erst Gisela, dann Martin und danach sich selbst eine wohltuende Abreibung.

Auch Lindemanns schmeckte das aufgewärmte Bigos vorzüglich. Nach dem Essen sprachen sie über die neuen Erkenntnisse zum Mordfall, mussten sich allerdings kurz fassen, weil Frau Lindemann Frau Tegge im Hofladen ablösen wollte.

Abends war die bevorstehende Hochzeit Thema. Gisela hatte die Venedig-Reise schon vor Tagen gebucht. Zu dritt besuchten sie eine Gärtnerei, um die Blumen- und Geldgeschenke in Auftrag zu geben. Der Friseurtermin für Gisela stand schon seit Tagen fest. Plötzlich fiel ihr ein: „Anton, du hast von deinem dunklen Anzug erzählt. Wollen wir ihn besser noch einmal ansehen? Und zeig mir noch mal, welches Hemd und welche Krawatte du tragen willst. Ich will nachsehen, ob alles sauber ist."

„Klar, kannst du sehen, komm mit!"

„Komm, zieh noch mal an. Wie alt ist der eigentlich?"

„Ich hab ihn nur ein einziges Mal getragen, aber das ist bestimmt mehr als zehn Jahre her."

„Anton, das sieht man auch. Das ist noch ein Zweireiher und so etwas trägt heute keiner mehr. Wollen wir morgen nicht besser einen neuen aussuchen?"

Gerade als Anton in die Jacke schlüpfte, kam Martin dazu und stellte fest: „Der hat dir früher wohl auch mal besser gepasst! Ist doch mindestens eine Nummer zu klein."

Das war gerade noch einmal gut gegangen, denn es war Mittwoch. Am Donnerstagabend sollte der Polterabend gefeiert werden, geheiratet wurde am Freitag. Also war der Besuch eines Herrenausstatters am nächsten Tag Pflicht. Anton musste ganz schön tief in die Tasche greifen, um sich neu einzukleiden.

„Wir versprechen dir, dass es nicht noch mal zehn Jahre dauern soll, bis du ihn wieder trägst. Vielleicht gehen wir bald mal ins Theater oder zum Musical. Oder wir machen uns alle ganz schick und gehen schnieke zum Essen", versicherte Gisela Anton, der eine gute Figur in seinem neuen Anzug machte.

Der Polterabend fand im Hause Wohlers/Korn in Syke statt. Als Gisela mit ihrer Nichte telefonierte, erkundigte sie sich vorsichtig, ob

Gaby enttäuscht sei, dass ihre Mutter nicht bei der Feier anwesend sein wollte.

„Ach, Gisela, es ist zwar traurig, wenn ich es sage, aber ich bin sogar erleichtert. Und auch du wirst einsehen, dass sie uns mit ihrer Trauermiene nur die Feier vermiesen würde. Manches muss man im Leben so nehmen, wie es ist. Ich hab doch dich, und das ist viel, viel schöner!"

Der Polterabend verlief ziemlich laut, aber harmonisch. Die Brautleute hatten zur Freude der Gäste allerhand Scherben beiseite zu fegen. Die jüngeren Gäste feierten kurz aber heftig und verabschiedeten sich schon gegen 22 Uhr. Damit nahmen sie Rücksicht auf die beiden Brautpaare, denen sie eine schöne Feier wünschten.

Der Trauungstermin war auf fünfzehn Uhr festgelegt. So blieb den Damen Zeit für den Friseurbesuch nach einem Schönheitsschlaf. Sowohl Nadine und Michael als auch Gaby und Kalle hatten sich nur für die standesamtliche Trauung entschieden. Eventuell sollte es später für das junge Paar noch eine kirchliche Trauung zusammen mit der Taufe geben. Weil es für Gaby und auch Kalle die zweite Ehe war, begnügten die sich mit dem Jawort auf dem Standesamt.

Herr Lindemann sah den fidelen Rentnern nach, als die am Freitag zum Standesamt aufbrachen. Er freute sich immer wieder, mit ihnen unter einem Dach zu wohnen.

Etwa dreißig Freunde und Bekannte hatten sich eingefunden, um an der Zeremonie teilzunehmen. Auch mit ihrem runden Babybauch war Nadine eine hübsche Braut. Gisela war froh, dass Gaby sich doch für den kessen Hut entschieden hatte, denn auch die war eine zauberhafte Braut. Handys, Video- und Digitalkameras wurden gezückt, als die Paare das Trauungszimmer nach der Standesbeamtin betraten. Die wirkte nervös und entschuldigte sich, denn es war erst die dritte Trauung, die sie vollzog - sie vertrat einen kranken Kollegen. Ungewöhnlich leise sprach die Dame und las den Text vom Blatt ab. Schon nach zehn Minuten beendete sie sichtlich erleichtert ihre Aufgabe.

„Entschuldige mich bitte mal eben", raunte Martin Gisela zu und verließ den Raum. Die rätselte, ob ihm die Trauung auf den Magen geschlagen war. Gisela umarmte die frisch Vermählten nacheinander und blieb in Antons Nähe, der sich in der fremden Umgebung allein nicht wirklich wohlfühlen konnte. Wo um alles in der Welt steckte Martin? Die Gesellschaft löste sich langsam auf und ging ins Freie, um sich dort für den Fotografen zu gruppieren.

Mit der Überraschung vor der Tür hatte keiner der Gäste gerechnet, nicht mal Gisela: Auf den Stufen standen zwölf Schornsteinfeger in ihrer Glücksbringerkluft Spalier. Martin stand daneben und strahlte über das ganze Gesicht. Er hatte seine Beziehungen zu den früheren Kollegen spielen lassen und damit alle überrascht.

„Sieh an, sieh an", dachte Gisela. „Sogar Martin hat seine Geheimnisse und macht Alleingänge." Sie war glücklich über seine gelungene Aktion.

Die anschließende Feier begann für die gut vierzig Gäste mit gemeinsamem Kaffeetrinken. Als Hochzeitstorte gab es eine gigantische Erdbeertorte in Form eines Herzens. Freunde, Bekannte und Nachbarn hielten noch einige Überraschungen für die Brautpaare bereit bis es Zeit war für das große Abendmenü, das aus sage und schreibe acht Gängen bestand. Gisela konnte sich nicht entscheiden, ob ihr Carpaccio vom Seeteufel und Scampi besser schmeckte oder Pasta mit Perlhuhnbrust. Die rosa gebratene Entenbrust auf Kirschsoße mit Reibekuchen war auch nicht zu verachten, ganz zu schweigen vom Rinderfilet an altem Portwein auf Kartoffelgratin und Bohnenbündchen. Damit hatte sie mal wieder richtig über die Stränge geschlagen und testete vorsichtshalber ihre Zuckerwerte. Das ausgezeichnete Hochzeitsmenü war nach drei Stunden beendet und es wurde Zeit, das Tanzbein zu schwingen. Wie gut, dass Gisela und Martin geübt hatten. Anton sorgte für allgemeine Verwunderung, als er Gisela zum Tanzen aufforderte. Keiner hatte geahnt, dass er über solch ein Rhythmusgefühl verfügte. „Pass du nur auf, dass wir nirgendwo anecken", bat er Gisela. Anton strahlte über das ganze Gesicht und wagte auch noch ein Tänzchen mit Gaby. Ihr schmeichelte er mit der Bemerkung, dass sie leicht wie eine Feder sei. Erst in den frühen Morgenstunden ließen sich die drei Osterbinder mit dem Taxi zurück bringen.

Zu einer Flitterwoche brachen die frisch Vermählten am nächsten Morgen auf. Gaby und Kalle machten eine Mini-Kreuzfahrt auf dem Mittelmeer und Nadine und Michael flogen eine Woche nach Mallorca. Gisela erklärte sich gern bereit, in dieser Zeit die Blumen in Syke zu gießen. Auch die Nachbarn wären dazu bereit gewesen, doch Gisela war froh, dass sie zum Zuge kam. Auf diese Weise hatte sie ein feines Alibi und konnte, wenn es erforderlich wurde, einen ihrer von Martin befürchteten Alleingänge unternehmen. Zumindest war es ihr möglich, ungestört einen Plan für die weitere Vorgehensweise aufzustellen. Die Sache sollte nun endlich vom Tisch, denn schon viel zu lange lief der Mörder frei herum. Sie wollte endlich Nägel mit Köpfen machen.

Schon seit ein paar Tagen brütete sie eine Idee aus: Wie wäre es, wenn sie ein kariertes Hemd und eine Wolldecke besorgte, die den Fundstücken aus der Lagerhalle täuschend ähnelten. Die Sachen müsste sie präparieren, vielleicht nass und schmutzig machen und sie mit Blut tränken und sie unordentlich zusammengelegt trocknen lassen. Schweineblut ließe sich bestimmt beim Schlachter beschaffen. Auch einen alten Hammer benötigte sie und graues Klebeband. Sie könnte alles in einen Karton packen, das Foto von Pawel dazulegen und es Tegge Junior per Post zuschicken, um ihn so aus der Reserve zu locken. Der Ansatz war gar nicht schlecht, aber was hatte sie damit erreicht? Gar nichts! Wenn sie nur wüsste, welche Rolle Adam Kowalski spielte. Sie war sich so sicher, dass er Zeuge des Mordes gewesen war und die entsorgten Gegenstände in die Halle zurück gelegt hatte. Im nächsten Moment kamen ihr wieder Zweifel, ob der Verdacht berechtigt war. Je länger sie darüber nachdachte, desto mehr sah

Gisela nur noch eine Möglichkeit, den Schuldigen zu überführen. Sie musste Tegge und Kowalski gegeneinander ausspielen. Daran führte wohl kein Weg vorbei. Aber wohin könnte sie die beiden locken? Noch fiel ihr kein geeigneter Ort ein. Zunächst dachte sie an ein einsames Plätzchen, dann schien ihr ein belebter Platz besser geeignet. Menschenansammlungen hätte es in diesem Jahr in Bassum schon genug gegeben: Bei der Großveranstaltung AktiBa, der Bassumer Messe zum Beispiel. Doch zu dem Zeitpunkt machten sie ihren Usedom-Urlaub. Bei der Piazetta, dem durch zahlreiche Künstler gestalteten Straßentheaterfestival wäre es ebenfalls möglich gewesen, doch da waren Giselas Pläne noch nicht ausgereift. Außerdem fand an diesem Wochenende die Doppelhochzeit in Syke statt. Dem Bergfest am 1. Mai hatten sie keine so große Bedeutung beigemessen. Erst in der Zeitung konnten sie von den Besucherzahlen lesen. Immerhin sollten 8000 Teilnehmer den Weg auf den Müllberg gefunden haben.

Gisela wollte sich die Festnahme nicht entgehen lassen und die Aktion aus sicherer Entfernung beobachten. Erst wenn Tegge und Kowalski im Polizeiauto saßen und damit aus der Gefahrenzone raus waren, würde sie dazu stoßen und ihre Aussage machen.

Noch hielt Gisela es für verfrüht, Martin und Anton in ihre Pläne einzuweihen. Vorläufig konnte es nicht schaden, wenigstens im Internet zu recherchieren, für welches Gericht Schweineblut verwendet wird, um in der Schlachterei ihren ungewöhnlichen Einkaufs-wunsch zu begründen. Das Internet bot eine reiche Auswahl an Rezepten mit Schweineblut als Zutat. Eine Art Grützwurst weckte noch am meisten ihre Neugier, allerdings nur, weil sie den Beinamen „Tote Oma" trug. Gisela schüttelte sich schon jetzt bei dem Gedanken, mit Blut hantieren zu müssen.

Als sie in Syke nach den Wohnungen der Brautpaare sah und deren Pflanzen versorgte, setzte sie sich in aller Ruhe auf die Terrasse, um ihren Plan weiter auszuarbeiten. Sie schnappte sich etwas Papier aus Kalles Drucker und begann, verschiedene Konstellationen durch-zuspielen. Dabei setzte sie voraus, dass Kowalski Zeuge des Mordes und gleichzeitig Erpresser war. Weiter nahm sie an, dass Tegge der Name des Erpressers nicht bekannt war.

Sie notierte:

1. Tegge bekommt Paket mit Fundsachen:
Dann weiß er, dass es Zeugen gibt.

Blödsinn, dass wusste er auch vorher, sonst hätte er sich nicht erpressen lassen.

2. Tegge bekommt Fundsachen und Bild von Pawel:
Dann muss er annehmen, dass er umsonst erpresst wurde.
Macht nur Sinn, wenn der Absender anonym bleibt. Kowalskis Namen dürfte in diesem Fall nicht als Absender auftauchen.

3. Kowalski bekommt Paket mit Fundsachen:
Das wäre nur sinnvoll, wenn auch Pawels Foto mitgeschickt würde.
Dadurch müsste ihm klar werden, dass der Mann aus der Lagerhalle noch lebt. Ihm musste Tegge als vermeintlicher Mörder bekannt sein und er würde feststellen, dass es gar keinen Grund zur Zahlung von Schweigegeld gab. Er wäre ja dumm, sich zu einem Treffen überreden zu lassen. Es sei denn, Tegge forderte die gezahlte Summe zurück.

Die erste Möglichkeit konnte Gisela getrost streichen. Sie wollte unbedingt erreichen, dass beide aufeinandertrafen. Es machte absolut keinen Sinn, jetzt weiter daran zu arbeiten. Gut, dass sie noch keine Doppel der Beweisstücke besorgt hatte, denn noch war ihr nicht klar, ob sie das ganze ein- oder zweimal brauchte.

Viel zu viel Zeit war schon für die Blumen-pflege vergangen und Gisela hielt es für besser, erst einmal nach Osterbinde zurückzufahren. Den nächsten Tag würden die Blumen auch mal ohne Wasser auskommen. Trotzdem wollte sie nach Syke fahren und ungestört weiter an ihrem Plan arbeiten, bis er endlich perfekt war. Wie leicht erschien dagegen eine Problemlösung im Fernsehkrimi. Das hier war schon eine ganz harte Nuss, die es zu knacken galt.

Martin und Anton hatten mit leichter Verwunderung festgestellt, dass Gisela den Mordfall nach der Hochzeit nicht mehr zum Thema Nummer eins machte und hofften, dass sie die Sache vielleicht doch auf sich beruhen ließ. Beide ahnten nicht, was wirklich in ihrem Kopf vorging. Ständig kreisten ihre Gedanken um Pawel und seinen Bruder, um die missratenen Tegge-Söhne, um Bianca und um Kowalski. Auch an das ältere Ehepaar Tegge musste sie viel denken.

Am nächsten Tag startete sie gegen zehn Uhr wieder allein in Richtung Syke und freute sich darauf, in aller Ruhe weiter kombinieren und recherchieren zu können. Spontan entschied sie sich für eine andere Strecke und schlug den Weg in Richtung Neubruchhausen ein, um dann über Karrenbruch und Bramstedt ihr Ziel zu erreichen.

An diesem Morgen sollte ihr der Zufall zu Hilfe kommen. Noch bevor sie links abbiegen musste sah sie, wie auf einem Feldweg durch einen zu schnell fahrenden Pkw viel Staub aufgewirbelt wurde. Dieser Fahrer nahm ihr dreist die Vorfahrt, kreuzte die Landstrasse und raste in einem Höllentempo auf einem Feldweg weiter. Gisela stockte der Atem, denn es war ein schwarzer Ford Focus mit polnischem Kennzeichen. Die Buchstaben NZJ hatte sie gerade noch erkennen können, bei den Ziffern war sie sich nicht ganz sicher. Dazu ging auch alles viel zu schnell. So blitzblank, wie Martin den Wagen beschrieben hatte, war er heute nicht, denn ein paar Regentropfen hatten Flecken auf dem staubbedecktem Wagen hinterlassen. Kowalski! Keine Frage, das war er! Zumindest sein Wagen.

Gisela hielt an, überlegte kurz und verzichtete auf die Fahrt nach Syke. Sie wendete und bog in den Feldweg ab. Sie fuhr ein Stück und entschied bald, dass sie ihrem Wagen diesen Weg nicht zumuten wollte. Deshalb fuhr sie zurück auf die Landstrasse, um nach dem nächsten rechts abbiegenden Weg zu suchen. Der ließ nicht lange auf sich warten und Gisela fuhr auf Gutglück durch die Gegend und sah Wiesen, Weiden, Felder und kleine Baumbestände. Die schmale Straße, von der Gisela nicht wusste, wohin sie führte, endete plötzlich und sie hatte die Wahl zu wenden, oder geradeaus oder rechts auf einem Feldweg weiterzufahren. Spontan entschied sie sich für den vor ihr liegenden Feldweg, der offensichtlich gut zu befahren war. „Was machst du hier bloß?", fragte Gisela sich selbst und schüttelte den Kopf. „So etwas hättest du doch früher nicht gemacht! Und das alles, um einen Mörder und einen Erpresser und Autoschieber zur Strecke zu bringen? Das ist Sache von Profis und nicht die einer Möchtegern-Ermittlerin! Aber wenn ich nichts unternehme, dann bleibt der Mord unentdeckt und ungesühnt und Kowalski kann ungehindert weitermachen. Ist das überhaupt so, wie ich es mir zusammenreime?"

Gisela zweifelte an ihrem Vorgehen, wollte aber trotzdem nicht aufgeben. Der Feldweg wurde schmaler und schmaler. Aus diesem Grund parkte sie am Wiesenrand und ging mutig zu Fuß weiter. Wie gut, dass Martin sie jetzt nicht sehen konnte, denn er hätte sie bestimmt wieder gewarnt und gebremst. Noch war weit und breit kein einsam stehendes Gebäude zu sehen. Sie ärgerte sich, dass sie ausgerechnet heute Schuhe mit höherem Absatz trug, mit denen sie bei jedem Schritt im weichen Sand versank oder zwischen den langen Grashalmen hängenblieb. Kurzerhand zog sie Schuhe und Strümpfe aus, krempelte die Hosenbeine hoch und setzte ihren Weg barfuss über den unebenen Weg fort. Kleine Steinchen piekten unter ihren Füßen und sie sah sich vor, nicht in verwitterte oder frische Häufchen von Kaninchendreck zu treten. Als sie sich umsah, war ihr Wagen schon nicht mehr zu sehen. Zu blöd, ihre Uhr lag im Wagen und das Handy hing zuhause an der Ladestation.

In einiger Entfernung fiel ihr eine Reihe von Bäumen auf, die vermuten ließen, dass sie den Rand einer größeren Straße säumten. Obwohl der Weg beschwerlich war und sie kurz davor war umzudrehen, raffte sie sich auf, um ihrem Ziel ein Stückchen näher zu kommen. Gerade als sie überlegte, ob sie den Weg besser zu einem späteren Zeitpunkt mit dem Fahrrad abfahren sollte, hörte sie plötzlich aus der Ferne Motorengeräusche. In etwa fünfzig Metern Entfernung konnte sie ein schiefes Verkehrsschild erkennen: Vorfahrt achten. Dort also mündete der Weg in eine Straße, von der sie nicht wusste, welche Ortschaften diese miteinander verband. Zwei Cabrios befuhren die Straße von links nach rechts, ein rotes und ein schwarzes. Bei beiden war sie sicher, ein Hamburger Kennzeichen erkannt zu haben. Gisela war noch zu weit entfernt, um weitere Buchstaben oder Zahlen ausmachen zu können. Wenn ihre Theorie stimmte, ergab sich die Frage, ob die Autos gerade zum Umspritzen in eine Werkstatt gebracht wurden oder soeben von dort kamen. Beide Fahrzeuge wirkten wie neu. Zum Fabrikat hätte sie keine Angaben machen können, dazu kannte sie sich zu wenig aus. Doch so sehr sie sich auch bemühte, nirgendwo konnte sie ein mögliches Autoversteck erkennen.

Als Gisela den Straßenrand erreichte, streifte sie sich den Sand von den Füßen und zog wieder Strümpfe und Schuhe an. Dann kramte sie in ihrer kleinen Tasche und fand den Rest einer Stange Pfefferminzbonbons, von denen sie gierig einen in den Mund schob. So ließ sich die Mundtrockenheit wenigstens etwas bekämpfen. Wohin jetzt? Nach links oder nach rechts? Sie hatte keine Ahnung, wo sie war und versuchte logisch vorzugehen. Auf der linken Seite konnte sie in weiter Ferne die Obstplantagen erkennen. Eine zweckentfremdete Scheune war sicherlich nicht inmitten einer Obstplantage zu finden. Auf der gegenüberliegenden Seite sah sie Wiesen, Weiden und ein kleines Wäldchen. Schwarz-weiße Flecken unterbrachen das Bild, das in unterschiedlichen Grüntönen gemalt schien: Ein paar friedlich grasende Kühe belebten das Bild. Möglicherweise verdeckten die Bäume genau das, was sie suchte. Noch nie hatte das Stadtkind Gisela den Ruf eines Kuckucks in freier Natur gehört. Jetzt rief einer: Laut, deutlich und ausdauernd. In ihren Ohren klang es, als wolle er sie verhöhnen. „Kuckuck, Kuckuck!"

Unentschlossen schaute sie nach rechts und erkannte in der Ferne ein paar rote Dächer. Wenn sie bloß wüsste, wo sie sich überhaupt befand! Wenn dort ein Dorf war, konnte sich hier sicher etwas Trinkbares bekommen, aber das später. Gisela zählte nach: drei Pfefferminzbonbons standen ihr noch zur Verfügung. Dummerweise lag die Sicherheits-ration Traubenzucker im Handschuhfach. Die Pfefferminzbonbons mussten reichen, um das Gebiet rund ums Wäldchen in Augenschein zu nehmen.

Schon morgens war der Himmel bedeckt, jetzt machte sich eine unerträgliche Schwüle bemerkbar, die Gisela zu schaffen machte. Vielleicht war da auch inzwischen eine Portion Angst mit im Spiel, die ihr den Alleingang mit einem Mal schwerer werden ließ. Suchend schaute sie sich um und entdeckte in der Ferne eine Biogasanlage. Windkrafträder gab es genug, deren Flügel sich bei der Flaute nur wenig oder gar nicht drehten. Zu dumm auch, dass sie das Handy nicht bei sich trug. Sonst hätte sie klein beigegeben und Martin um Hilfe gebeten. Doch wie sollte sie ihm erklären, wo sie überhaupt war? Teils noch ehrgeizig, teils schon etwas mutlos stapfte sie weiter. Nach etwa einem halben Kilometer bog ein weiterer Feldweg in Richtung Wald ab. Zum Glück war er besser befestigt. Allerdings wies er Unebenheiten durch Fahrspuren auf. Bislang war ihr keine Menschenseele begegnet. Gisela lechzte nach dem nächsten Pfefferminzbonbon und wollte gerade ihren Weg fortsetzen, als sie plötzlich zwischen den Baumstämmen eine dunkle Wand entdeckte. Sie reckte und streckte sich, um besser sehen zu können. War das eine Fata Morgana oder tatsächlich eine Holzscheune? Fast drohend erschien ihr die lange schwarze Holzwand und das verwitterte rote Ziegeldach. Also doch! Hatte sie jetzt gefunden, wonach sie suchte? Obwohl sie sich ihrer Sache wieder sicher war, fehlten ihr die Beweise. Sie musste versuchen, einen Blick durch die Holzlatten zu werfen. Kurz vor dem

Ziel änderte sich auf einem Schlag die Situation, denn sie hörte plötzlich wütendes Hundegebell. Durch das Scheunentor zwang sich ein nicht gerade vertrauenerweckender Rottweiler. Dann ertönte die Stimme des Hundebesitzers: „Harass, was ist los? Hierher und sitz! Sitz Harass!"

Dem Mann war das Auftauchen einer fremden Person nicht entgangen: „Verschwinden Sie hier - das ist privat!"

„Entschuldigung, ich habe mich verlaufen!", antwortete Gisela kleinlaut und machte auf dem Absatz kehrt. Sie malte sich schon aus, was passiert wäre, hätte er gerufen: „Harass, fass!" Ein Hundebiss hätte ihr noch gefehlt, denn den hätte sie Martin schwer verheimlichen können.

Mit Riesenschritten machte sie sich auf den Rückweg. Völlig außer Atem spürte sie endlich wieder den Asphalt der kleinen Straße unter den Füßen. Ein paar Mal hatte sie sich davon überzeugt, dass ihr keiner gefolgt war.

Erschöpft erreichte sie endlich den kleinen Feldweg und setzte sich ins Gras, um etwas zu verschnaufen. Sie fühlte sich noch ganz benommen, denn wie es aussah, hatte sie das gefunden, wonach sie gesucht hatte. Kein Zweifel, dass es sich um Kowalskis Rottweiler handelte. Er selbst machte sich bestimmt nicht die Finger schmutzig. Für die Drecksarbeiten wie Autos klauen, umspritzen und ins Ausland schmuggeln fand er vermutlich genug Männer, die das für ihn erledigten. Bestimmt noch zu einem Hungerlohn! So bald wie möglich sollte sich die Polizei ausgiebig mit Harass und Herrchen befassen.

Wenn von Horn, ihr früherer Chef, sie jetzt sehen könnte, würde er bestimmt nicht wie früher „Ma belle Giselle" zu ihr sagen. Die Haare klebten im Gesicht und die Bluse war nass geschwitzt. Die letzten beiden Pfefferminzbonbons wanderten gleichzeitig in ihren Mund. Eine Uhr vermisste sie sehr, denn sie hätte zu gern gewusst, wie spät es jetzt sein mochte. An der Sonne konnte sie sich nicht orientieren, weil die sich hinter einer dicken Wolkenschicht verbarg. Für die Natur wäre es ein Segen, wenn es endlich anfangen würde zu regnen.

Erschöpft aber erleichtert war sie, als sie sich endlich wieder auf den Autositz fallen ließ. Auf dieser Odyssee hatte sie die Orientierung nun total verloren und fuhr auf schmalen Straßen in die verkehrte Richtung. Zu blöd auch, sie hatte sich gerade ein neues Navigationsgerät angeschafft, dessen Beschreibung sich Martin erst einmal zu Gemüte führen wollte.

„Nach Syke findest du ja auch ohne Navi", hatte er noch beim Abschied gescherzt. Wenigstens hörte sie jetzt im Radio sie jetzt die Uhrzeit – es war inzwischen nach 12 Uhr und somit bald Zeit zum Mittagessen.

Je weiter sie fuhr, desto mehr Hausdächer konnte sie jetzt ausmachen. Gott sei Dank war sie raus aus dieser Einöde und näherte sich der Zivilisation. Sie strahlte, als sie von weitem ein grünes Ortsschild erkannte. Doch das war noch kein Grund zur Freude, weil ihr der Ortsname „Menninghausen" so gar nichts sagte. Plötzlich strahlte sie ganz erleichtert als sie einen grünen Kirchturm vor sich hatte – da müsste eine größere Ortschaft sein. Ja! Sudwalde! Der Ortsname war ihr geläufig! Damals, als sie Anton zu dem netten Zahnarzt Dr. Häckert in Affinghausen gebracht hatten. Gisela fiel ein Stein vom Herzen, denn sie wusste endlich, wo sie jetzt war. Im Dorfladen erstand sie eine Frikadelle und eine Flasche Wasser. Gierig und in großen Schlucken trank sie aus der Flasche und biss herzhaft in den kleinen Snack.

Die Blumen in Syke gingen dagegen leer aus, denn für das Gießen blieb ihr jetzt keine Zeit mehr.

Gisela hoffte, unbemerkt ins Haus schlüpfen zu können. Bevor sie Martin über den Weg lief, wollte sie sich frisch machen und umziehen. Auch einer Begegnung mit Anton ging sie lieber aus dem Weg. Erst musste sie sich beruhigen und ihre Gedanken ordnen.

„Schön, dass du wieder da bist. Das Mittagessen ist gleich fertig!", hörte sie Antons Stimme aus der Küche. „Ich muss erst ganz nötig verschwinden", flunkerte sie und wusste, dass die Männer diese Aussage ganz anders deuten würden. Schnell sprang sie unter die Dusche und genoss die Erfrischung. Noch frisieren, saubere Kleidung anziehen und sie konnte sich wieder sehen lassen. Dachte sie!

„Wie siehst du denn aus? Bist du krank? Du bist ja puterrot im Gesicht!", erschrak Martin.

„Wart ab, das wird gleich wieder besser. Das macht die Schwüle. Was gibt es heute denn Leckeres?" Dumme Frage, denn die Schnitzel lagen unübersehbar in der Pfanne. Es war nur ein Versuch, das Thema zu wechseln. Erst nach dem Essen wollte sie die abgespeckte Version ihres kleinen Abenteuers wiedergeben. Nachdem Kartoffeln, Erbsen und Schnitzel verputzt waren, fragte sie unschuldig: „Na, was habt ihr zwei Hübschen denn heute morgen gemacht?" Sie hörte von Staubsaugen,

Fensterputzen und anderen Hausmannstätigkeiten. Immer wieder staunte sie darüber, dass gerade Anton ausgesprochen gern die Fenster putzte. Sie oder Martin räumten dazu vorher die Fensterbänke leer. Wenn Anton die richtigen Tücher und ein Eimer mit Wasser bereitgestellt wurden, legte er los und lieferte sorgfältige Arbeit ab. Dann folgte immer seine obligatorische Frage: „Und? Alles blank? Ich höre!?" Noch nie gab es etwas an den von Anton geputzten Fenstern zu bemängeln.

Jetzt endlich wollte Gisela die Katze aus dem Sack lassen, denn sie platzte schon fast an den Erlebnissen. „Stellt euch vor, ich habe zufällig die Scheune entdeckt", begann sie und erzählte über fast alle Vormittagserlebnisse. Sie berichtete von dem Ford Focus, der ihr die Vorfahrt nahm und von der Begegnung mit Harass an der Scheune. Den holprigen Feldweg, die Einsamkeit, die Orientierungslosigkeit, auch Durst und Ängste ließ sie unerwähnt. „Glaubt mir, es ist so, wie ich es euch sage. Ihr werdet da auch nichts anderes finden. Eines Tages wird die Polizei die Bande schon auffliegen lassen, wenn wir den Hinweis geliefert haben", fügte sie hinzu, als auch Martin den Wunsch äußerte, die Scheune selbst in Augenschein zu nehmen. Er musste nicht unbedingt erfahren, welche

Strapazen sie bei ihrem Alleingang auf sich genommen hatte.

Abends kündigte Martin an, am nächsten Tag mit ihr zusammen nach Syke zu fahren. Auch er könnte sich dort nützlich machen und den Rasen mähen. Das war wirklich lieb von ihm gemeint, doch wollte Gisela lieber allein sein, um sich in Ruhe Gedanken machen zu können. Deshalb hoffte sie auf den lange fälligen Regen, der Martins Pläne zunichte machen würde.

Ein heftiges Gewitter entlud sich am frühen Morgen, als Gisela wieder allein zum Haus ihrer Verwandten fuhr. In aller Eile versorgte sie die Topf- und Schnittblumen. Die Blumen auf Balkon und Terrasse konnte sie bei dem Wetter getrost vergessen. Die reinigende Kraft des Gewitters schien Giselas Gedankenfluss zu inspirieren. Sie recherchierte und fand im Bassumer Veranstaltungskalender einen Sommermarkt, der im Juli in der Innenstadt stattfinden sollte. Märkte dieser Art zogen immer viele Besucher an - dort könnten sich unauffällig ausreichend Polizisten in Zivil aufhalten. Die Täter wurden ihnen quasi auf dem Präsentierteller serviert.

Im Nu waren zwei Briefentwürfe verfasst. Der erste war an Tegge Junior gerichtet. Sie wandte sich darin an Jens und war sicher, dass er die Zeilen umgehend seinem Bruder zeigen würde. In jedem Fall würden Mörder und Mittäter den Brief lesen und das beigefügte Bild von Pawel sehen.

„Überzeugen Sie sich davon, dass Ihr „Mordopfer" lebt! Man hat Sie umsonst erpresst! Holen Sie sich doch ihr Geld zurück.
Treffen am nächsten Samstag um 17 Uhr in Bassum an der Bronze-Statue von Bürgermeister-Lienhop mit seinem Hund an der Sulinger Straße. Man wird Sie ansprechen."
Auf der Titelseite der Bild-Zeitung, die Pawel in Händen hielt, war unschwer das nach dem Mordfall liegende Datum zu erkennen. Das würde Tegge verblüffen, ihn neugierig und wütend zugleich machen. Gisela war sich sicher, dass er mit seinem Bruder im Schlepptau aufkreuzte, um sich das Schweigegeld zurückzuholen, auch wenn nicht klar war, von wem.

Der Briefentwurf an Kowalski lautete:
„Kennen Sie das Strafmaß für überführte Auto-schieber?
Ich beobachte Sie schon seit langem, egal wo Sie ihr Unwesen treiben.

Mein Schweigen kostet Sie 200.000 Euro.
Sie entkommen mir nicht, weder in Deutschland noch in Polen.
Treffen am nächsten Samstag um 17 Uhr in Bassum an der Bronze-Statue von Bürgermeister-Lienhop mit seinem Hund an der Sulinger Straße. Man wird Sie ansprechen."

Auch Kowalski würde nicht umhin können, sich am Treffpunkt einzufinden, um den Knast zu umgehen. Gisela brauchte für diese Falle weder Hemd noch Wolldecke zu besorgen. Die Beschaffung von Schweineblut war damit auch hinfällig. Jetzt musste sie noch all ihre Ermittlungsergebnisse zusammenfassen und die Polizei informieren. Es war damit zu rechnen, dass sowohl Tegge als auch Kowalski bewaffnet zum Treffpunkt erschienen. Am besten, sie schickte den Brief gleich an die Kripo in Syke und nicht an die kleine Polizeistation in Bassum. Wichtig war auch, vorher Pawel und Bianca zu informieren.

Von Bianca musste sie wissen, ob sie zu einer späteren Aussage bereit war. Der arme Pawel musste mit einer Bestrafung in Deutschland rechnen. Das Strafmaß würde abhängig von der Auslegung des Richters sein. Notfalls würde sie ihren Ex-Chef bitten, sich für Pawel einzusetzen.

Was könnte das Gericht ihm vorwerfen? Zum Beispiel „Begünstigung", denn er hatte die Bestrafung des Mörders verhindert. Oder auch „Beseitigung von Beweismitteln". So makaber es auch sein mochte: Beweis war auch der tote Andrzej. Dann war da noch „Nichtanzeige einer Straftat". Sie erschrak, denn das könnte man auch ihr selbst zur Last legen. Allerdings waren in ihrem Fall die Fundstücke aus der Lagerhalle die beseitigten Beweise. Aber die hatte sie nur sichergestellt und nicht beseitigt. Es war gründlich abzuwägen, ob es besser war, der Kripo gegenüber die Anonymität zu wahren.

Jetzt war ihr wohler und sie hatte es plötzlich ganz eilig, nach Osterbinde zurückzufahren und mit Martin und Anton die Briefentwürfe zu besprechen. Sie wusste nicht, weshalb sie nicht schon früher auf diese Lösung gekommen war. Wie gut, dass sie seit Auffinden der Beweisstücke ihre Recherchen im Computer festgehalten hatte. Die brauchte sie nur zu überarbeiten und zu ergänzen und schon war der Bericht für die Polizei fertig. Könnte sie Fotos der Verdächtigen beifügen, wäre das ganz ohne Frage hilfreich. Wenn sie sich nicht täuschte, lag im Hofladen der Tegges ein Flyer aus, auf dem die Familie komplett abgebildet war. Frau Lindemann konnte bestimmt einen davon organisieren. Aber wie sollte sie an ein Foto von Kowalski kommen?

Wenn es am nächsten Tag trocken blieb, konnte Martin mit nach Syke kommen, um den Rasen zu mähen. Vorher sollten sie einen Abstecher nach Twistringen machen und versuchen, Kowalski vor die Linse zu kriegen.

Wieder in Osterbinde angekommen, setzte sie sich gleich an den Computer und tippte die Briefentwürfe, um sie dann Martin und Anton zu präsentieren. Gespannt wartete sie auf die Meinung ihrer Mitbewohner. Die beiden hatten längst eingesehen, dass Gisela nicht locker ließ. Sie überlegten gemeinsam, ob die Texte noch geändert werden müssten. Die Männer versprachen, Gisela in jeder Hinsicht zu unterstützen. Dabei war sie entschlossen, die gesamte Planung noch vor Rückkehr der Urlauber unter Dach und Fach gebracht zu haben. Martin erklärte sich bereit, in Tegges Hofladen nach dem Flyer zu sehen. Falls keine mehr vorhanden waren, mussten sie einen anderen Weg finden, um an ein Foto von Jens und Sven Tegge zu kommen. Auf Frau Lindemann zu warten, hätte Zeitverlust bedeutet, den sie nicht in Kauf nehmen wollten.

Die Männer hielten Gisela den Rücken frei, damit sie sich auf den Bericht für die Polizei konzentrieren konnte. Sie übernahmen den Küchendienst, obwohl heute Gisela dran gewesen wäre. Auf das Mittagsschläfchen wollten sie nicht verzichten, obwohl zu erwarten war, dass sie alle drei kaum Ruhe fanden. Tatsächlich waren alle nach einer halben Stunde schon wieder auf den Beinen.

Das Rentner-Trio beschloss, sich am Nachmittag in der Nähe von Kowalskis Haus aufzuhalten.

„Bestimmt hat Bianca noch Fotos von ihrem Ex-Mann, vielleicht auch von seinem Bruder. Da könnte ich doch heute Abend mal nachfragen", schlug Anton vor, der sich im Rahmen seiner Möglichkeiten ebenfalls nützlich machen wollte.

„Gute Idee, Anton. Ich speichere schon mal ihre Nummer in dein Handy ein, dann brauchst du sie nicht selbst zu wählen. Du kannst Bianca ruhig auf dem Laufenden halten, schließlich arbeiten wir in ihrem Interesse. Mit Pawel werde ich heute noch selbst telefonieren." Dann zog Gisela sich zurück, um den Bericht für die Polizei nochmals zu überprüfen.

Dieser reichte vom anfänglichen Fund der Beweisstücke bis hin zu Kowalski. Als besonderen Clou hatte sie das zeitlich noch genau einzufädelnde Aufeinandertreffen auf dem Sommermarkt gleich an den Anfang gestellt. Peinlich genau hielt sie sich an die Fakten, soweit ihr diese bekannt waren. Nach gut einer Stunde lagen vier beschriebene DIN A4-Seiten vor ihr. Zur Sicherheit wollte sie die Aufzeichnungen später nicht nur Martin und Anton, sondern auch den Lindemanns zum Gegenlesen geben. Noch viel besser käme in dem Fall eine kleine Lesung, denn so wäre auch Anton gleich mit informiert. Und so wurde es auch gemacht. Alle trafen sich um neunzehn Uhr auf der Terrasse. Herr Lindemann heizte den Grill an, um das Angenehme mit dem Offiziellen zu verbinden. Gisela las ihren Bericht nach dem gemeinsamen Verzehr von Bratwurst und Nackensteaks vor und handelte sich für die exakte Beschreibung der Vorkommnisse viel Lob ein. Sie diskutierten noch bis kurz vor Mitternacht und waren sich darin einig, das Richtige zu tun. Zwischendurch riefen Anton bei Bianca und Gisela bei Pawel an.

„Sie hat noch die Hochzeitsfotos. Neulich wollte sie die schon vernichten. Wir können die Bilder morgen Abend bei ihr abholen", strahlte Anton. Gisela hatte weniger Glück, denn bei den Pawelowskis meldete sich niemand. Sie musste am Ball bleiben, wenn sie die Aktion am kommenden Wochenende starten wollten. Notfalls würde es auch ohne Foto von Kowalski gehen, immerhin konnten sie sein Autokennzeichen angeben.

Nachts ließen die Gedanken sie nicht zur Ruhe kommen. Martin blieb Giselas innere Anspannung nicht verborgen, deshalb stand er noch einmal auf, um sein Hummelchen mit Baldrian-Tropfen zu versorgen.

Der Frühstückstisch war am nächsten Morgen schon um halb acht gedeckt. Alle drei waren bereit, den Beobachtungsposten einzunehmen. Um kurz nach acht parkte Martin seinen Wagen schräg gegenüber von Kowalskis Haus. Nach einer Stunde war immer noch nichts Aufregendes passiert. Um zehn wurden sie ungeduldig, vor allem Gisela, die vor sich hin schimpfte: „Was hätten wir in der Zeit alles unternehmen können! Der ist bestimmt nicht da. Schade, dass wir seine Telefonnummer nicht haben. Dann könnten wir wenigstens anrufen und wüssten, ob er überhaupt im Haus ist."

„Ruf doch bei der Auskunft an", schlug Anton vor.

„Ich hab schon im Internet nachgeschaut. Der Kerl ist nicht unter seinem Namen eingetragen."

Kurz nach elf gaben sie auf und beschlossen, nach Syke zu fahren. Während Martin den

Rasen mähte, goss Gisela alle Blumen und entfernte Vertrocknetes und Verblühtes. Anton konnte sich in der fremden Umgebung nicht weiter betätigen, sondern nur warten, bis die beiden fertig waren und dabei seinen Gedanken nachhängen.

„Du wolltest doch noch bei Pawel anrufen. Tagsüber ist er wohl kaum zu erreichen, aber vergiss das nicht!", sprach er Gisela an.

„Ich bin gleich fertig und versuche es von hier aus. Martin braucht bestimmt noch eine halbe Stunde."

Gisela setzte sich zu Anton und wählte Pawels Nummer. Seine Mutter meldete sich jetzt und erklärte, dass sie wegen eines Besuchs bei ihrem Bruder nicht zu erreichen gewesen waren. Nun erfuhr sie von Gisela alle Einzelheiten über den Plan, den Mörder hinter Schloss und Riegel zu bringen. Pawels Mutter schien erleichtert zu sein und Gisela blieb nicht verborgen, dass sie weinte: „Ich bin froh, dass Andrzej bald ein würdevolles Begräbnis bekommt. Er hat es nicht verdient, in unserem Garten verscharrt zu sein. Hoffentlich muss Pawel nicht ins Gefängnis. Er ist ein guter Junge und hat doch nichts Böses getan!"

Gisela verstand sie nur zu gut und versuchte, Pawels Mutter zu trösten. Ob Pawel mit einer

Bestrafung zu rechnen hatte und wie hoch diese ausfallen mochte, vermochte sie nicht zu sagen. Darüber hatten ein deutscher und ein polnischer Richter zu entscheiden. Gisela stellte Pawels Verteidigung in Deutschland durch ihren früheren Chef in Aussicht, auch wenn dem noch nichts über den Fall bekannt war. Gisela war aber sicher, dass er ihr den Gefallen tun würde und sie versprach, Pawel und seine Mutter auf dem Laufenden zu halten.

Der Rasen war geschnitten, der Mäher gesäubert und die Bio-Tonne vollgestopft. Trotz der anstrengenden Arbeit hatte Martin es gern getan. Auch ihm waren die Syker ans Herz gewachsen und er hoffte, dass ihm die Überraschung gelungen war.

„Weil ich doch nur faul herum sitzen konnte, spendiere ich euch ein schönes Mittagessen", kündigte Anton seinen Freunden an.

„Wieder bei McDonald?", fragte Martin lachend. „Nee, bloß nicht. Irgendwo wird es doch hier etwas Ordentliches geben!"

Schnell fanden sie ein nettes Restaurant und freuten sich, das Essen im Freien genießen zu können.

„Und jetzt? Nach dem Essen sollst du ruhen?"

„Von wegen. Nach dem Essen sollst du erst einmal tanken. So leer fahre ich den Tank sonst nie", meinte Martin, bevor er den Motor startete. Die Tankstelle lag auf dem Weg. Martin steuerte sie an und freute sich über die gerade wieder gefallenen Spritpreise. Gisela war wieder in Gedanken versunken und überlegte, ob sie wirklich an alles gedacht hatte. Gerade als Martin den Zapfhahn in die Tanköffnung steckte, hielt ein schwarzer Ford Focus an der gegenüberliegenden Zapfsäule. Kowalski! Martin riss die Wagentür auf und suchte hastig nach seinem Smartphone. Erst jetzt erkannte Gisela die Situation und griff zu ihrem Handy. Anton konnte die plötzliche Hektik nicht deuten, spürte aber, dass sich gerade etwas Ungewöhnliches abspielte. Martin musste aufpassen, nicht beim Knipsen erwischt zu werden. Er war es nicht gewohnt, verdeckt zu arbeiten und schoss ein paar Fotos von Kowalskis Rückseite. Gisela hatte aus dem Wageninnern die bessere Position und erwischte Kowalski von vorn und im Profil.

„Anton, das war der optimale Nachtisch für uns. Kowalski hat uns gerade die Ehre gegeben!", klärte Gisela endlich Anton auf und steckte ihn mit ihrer Aufregung an. Nach Kowalski verließ

Martin die Tankstelle und hielt gleich wieder auf dem Parkstreifen an, um die Fotos anzusehen.

Gisela konnte sich einen ironischen Kommentar nicht verkneifen: „Ja, Martin, die sind gestochen scharf! Ein Mann im schwarzen Hemd und schwarz gelocktem Hinterkopf. Schade, dass man weder sein Gesicht noch das Kennzeichen erkennen kann. Aber mach dir nichts draus, ich habe dich trotzdem ganz lieb", tröstete sie ihn und drückte ihm ein Küsschen auf. Ihre Bilder zeigten alles, was für die Polizei wichtig war. Gisela fühlte sich ganz in ihrem Element und es war zu spüren, wie ihre Ungeduld wuchs. Anton zögerte noch, wagte dann einen Vergleich: „Wisst ihr, wie ich uns sehe? Ich vergleiche uns mit der Mannschaft bei der Feuerwehr. Ich selbst warte ruhig und gelassen auf eine Meldung. Was anderes kann ich schließlich auch nicht tun. Martin sitzt in seiner Arbeitskluft am Tisch und putzt sorgfältig seinen Helm. Er trinkt mit Kollegen Kaffee, spielt in aller Seelenruhe Karten und wartet geduldig auf den nächsten Einsatz. Wenn eine neue Meldung kommt, startet er sofort durch und sitzt Sekunden später im Löschfahrzeug. Du, meine liebe Gisela, stehst in voller Montur mit Helm auf dem Kopf und Hand an der Spritze am Feuerwehrauto und wartest, dass die Sirene endlich heult. Bleib doch ruhig, du hast alles perfekt vorbereitet. Bald wird die Polizei übernehmen."

„Ja, aber..."

„Anton hat Recht, Gisela. Das ist ein schöner Vergleich! Du brauchst doch nur noch die Bilder in den Bericht einzufügen, Datum und Uhrzeit bestimmen und die Post abzuschicken. Durch deine Ermittlungen hast du unglaublich viel erreicht und kannst auf deine Leistung stolz sein."

Bevor Martin losfuhr, knuddelte er seine Gisela ganz herzlich und lachte verlegen.

„Heute Abend holen wir die Fotos bei Bianca ab. Dann kannst du entscheiden, ob du die aus dem Flyer oder die Hochzeitsbilder nimmst. Bis dahin kannst du in der Sonne liegen und das Nichtstun genießen."

„Ja, aber ich muss noch..."

„Du musst gar nichts, entspann dich!"

„Bei von Horn anrufen", vollendete sie ihren Satz.

„Das hat noch Zeit. Am besten schickst du ihm erst eine Kopie des Polizeiberichtes. Dadurch ist er bestens informiert. Wenn er Pawels Verteidigung übernehmen will, kann er ja in unserem Gästezimmer wohnen. Dann bleibt ihm das Privileg, es einzuweihen."

„Den Bericht kann ich ihm auch per Mail schicken.

Ich frag mich nur, was ich machen soll, wenn der Fall gelöst ist. Dann komme ich ja um vor Langeweile."

„Ich sehe es schon kommen: Du stolperst bestimmt über die nächste Leiche."

Wenn Gisela sich plötzlich in Schweigen hüllte, wussten die Männer, dass die Sache in ihren Augen noch nicht rund war. Sie hatte sich immer noch nicht entschieden, ob sie den Bericht unterschrieben oder anonym zur Polizei senden sollte. War es besser, die Beweisstücke gleich mitzuschicken? Was passierte, wenn die Post für Tegge und Kowalski nicht rechtzeitig zugestellt würde? War es besser, die Briefe selbst in den Briefkasten zu stecken? Da war aber noch Kowalskis Hund...! Gisela kam einfach nicht zur Ruhe.

Das Klingeln ihres Handys unterbrach die Grübelei, denn Gaby rief an und erzählte begeistert von der Kreuzfahrt. Siziliens Küste war gerade in Sicht. Im Grunde war der Anruf eine willkommene Abwechslung für Gisela, doch die Frage: „Und was treibt ihr so?" ließ sich nicht so leicht beantworten. Sie erklärte ihrer Nichte, dass alles im grünen Bereich sei und erzählte von angeblich geplanten

Fahrradausflügen. Dabei fiel es ihr sehr schwer, all das unerwähnt zu lassen, womit sie sich in der letzten Zeit beschäftigt hatten. Gaby schwärmte von der Kreuzfahrt und bedauerte, dass sie nur eine Woche gebucht hatten. „Aber du weißt ja, die Pflicht ruft bald wieder. Kalle ist in drei Tagen schon wieder im Einsatz, schließlich bleiben die Verbrecher in seinem Urlaub nicht untätig."

Wie wahr, wie wahr, dachte Gisela und wünschte Gaby noch einen schönen Resturlaub.

Abends fuhren sie zu Bianca, um die Fotos abzuholen. Martin und Anton begleiteten Gisela.

„Ich kann bis heute nicht verstehen, dass ich auf Jens reingefallen bin. Viel früher hätte ich seine miesen Charakterzüge erkennen müssen, aber Liebe macht bekanntlich blind", gestand Bianca. Auch sie empfand viel Mitgefühl für ihre früheren Schwiegereltern, mit denen sie sich nach wie vor gut verstand und deren Fleiß und Bodenständigkeit sie schätzte. Bianca äußerte den Wunsch, Pawel zu treffen, wenn er sich in Deutschland aufhielt.

Gisela drängte zur Heimfahrt, weil sie noch die Fotos in den Bericht einfügen wollte, nicht ohne ihn vorher noch einmal gründlich durchzulesen. Am übernächsten Tag könnte es dann losgehen.

Bianca verzichtete lieber darauf, als Zeugin

dabei zu sein. Lieber wollte sie sich telefonisch über das Ergebnis und die Festnahme informieren lassen.

„Bianca ist durchaus glaubwürdig", stellte Anton im Auto fest und auch Martin stimmte ihm zu. „Was hat die Arme wohl alles durchgemacht? Ist ja nicht zu glauben: Da bringt dieser Kerl erst brutal einen Menschen um und vergewaltigt eine Stunde später seine Frau!"

Obwohl es spät geworden war, vollendete Gisela ihre Briefe.

Sie fügte von Tegge jeweils ein Hochzeitsbild und das Foto aus dem Flyer in den Bericht für die Polizei ein, weil auf dem zweiten auch Sven Tegge abgebildet war. Außerdem platzierte sie zwei Fotos von dem schönen Kowalski in den Text. Jetzt fehlte noch das Datum vom übernächsten Tag, als Uhrzeit setzte sie siebzehn Uhr fest, denn dann war in der Bassumer Innenstadt noch Hochbetrieb zu erwarten. Kurzerhand entschloss sie sich, folgenden Satz in dem Bericht einzufügen: „Falls sie noch Fragen haben, melde ich mich übermorgen telefonisch um vierzehn Uhr bei ihnen". Gisela entschied sich weiter, die Briefe für Tegge und Kowalski zu ändern. Sie verzichtete im Text auf das förmliche „Sie" und änderte es in „Du" ab. Soviel Respekt standen sich Verbrecher untereinander vermutlich gar nicht zu. Sorgfältig verschloss sie die Briefe, nachdem sie Pawels Foto in den Brief für Tegge gelegt hatte.

Die Spannung stieg und Gisela war so aufgeregt, dass sie Martin bat, die Nacht allein zu verbringen. „Ich stecke dich nur mit meiner Nervosität an. Glaub mir, es ist besser so. Vermutlich machst du sonst kein Auge zu." Martin war skeptisch, respektierte aber Giselas Wunsch. Wie zu erwarten, schlief sie kaum und wenn überhaupt, dann nur sehr schlecht. Plötzlich schreckte sie hoch. Das war doch alles Blödsinn, was sie da organisiert hatte! Weshalb schickte sie die Polizei eigentlich nicht direkt zu Tegge und Kowalski? Weshalb hatte sie sich das mit dem Treffen auf dem Sommermarkt und die anonymen Briefe einfallen lassen? Sie war ganz konfus, stand auf, rannte in die obere Etage und weckte Martin, um ihm ihr Leid zu klagen.

„Ach, mein Schatz, du machst dich noch ganz verrückt", antwortete Martin schlaftrunken. „Du hast alles richtig gemacht.

Tegge und auch Kowalski würden bei einem Überraschungsbesuch der Polizei alles abstreiten. Erscheinen sie übermorgen zum Treffen, bedeutet das doch gleichzeitig ein Schuldeingeständnis. Komm unter die Decke und versuch zu schlafen."

Martins Worte beruhigten sie bald wieder. Wie gut, dass er für sie da war. Erleichtert kuschelte sie sich in seinen ausgestreckten Arm und ärgerte sich noch ein Weilchen über ihre Selbstzweifel. Bevor sie einschlief murmelte sie: „Wir können ja mit dem Fahrrad zum Markt fahren und uns rechtzeitig unter das Volk mischen."

„Ja, mein Hummelchen, das machen wir! Jetzt schlaf nur ein, alles wird gut."

Am nächsten Tag brachte Gisela zunächst drei Briefe zur Post, zwei normale und einen dickeren für die Polizei in Syke. Danach goss sie die Blumen ihrer Verwandten in Syke. Es war ungewohnt, denn jetzt lag ein Tag ohne selbst auferlegte Pflichten vor ihr. Sie schlug ihren Mitbewohnern schon für den heutigen Tag eine Fahrradtour vor. Dafür brauchte sie nicht viel Überredungskunst aufzuwenden, denn Martin und Anton waren sofort dabei. Am frühen Nachmittag sollte es losgehen. Beim Verlassen des Hauses trafen sie auf Herrn Lindemann, der sich für das neue Tandem interessierte. Martin bot ihm eine Probefahrt an und Lindemann setzte sich strahlend auf den hinteren Sattel. Der Start glückte auf Anhieb und die beiden sausten los. Nach etwa zwanzig Minuten waren sie zurück. Unterwegs tauschten sie die Plätze und

Lindemann wurde zum Frontmann, was er sichtlich genoss. Er war begeistert und bat um eine weitere Probefahrt mit seiner Frau zu einem späteren Zeitpunkt. Es sah nach einem weiteren guten Geschäft für Jan aus. Sie erzählten Lindemanns, dass sie heute den Bassumer Innenstadtbereich inspizieren wollten und diskutierten noch eine Weile.

Lindemann hatte noch eine Neuigkeit parat: „Was ich noch sagen wollte: In zwei Wochen ist Grundsteinlegung für den Neubau. Dann dauert es nicht lange, bis die WG II gegründet werden kann". An Gisela gewandt fügte er hinzu: „Es bleibt doch dabei, Sie helfen uns noch einmal bei der Suche nach geeigneten Bewohnern?"

„Ist versprochen", antwortete sie und freute sich schon jetzt auf eine neue, sinnvolle Aufgabe und auch darüber, dass Lindemanns ihr soviel Vertrauen entgegen brachten.

Jetzt ging es aber für die Drei los! Obwohl Martins Puls schon bei der ersten rasanten Fahrt ordentlich anstieg, war er nicht zu bremsen. „Vielleicht sucht Gisela ja eine nette Frau für dich aus, Anton", hörte Gisela noch Martins Stimme kurz vor dem Start.

Es dauerte nicht lange, bis sie Bassums City erreichten.

„Ich bin ja schon so gespannt auf morgen Nachmittag", frohlockte Gisela und malte sich aus, wie die Festnahme vonstatten gehen könnte. Seit ihrer Ankunft in der Sulinger Straße, wo sie einen Cappuccino tranken, hatte Anton kaum ein Wort gesprochen. „Was ist mit dir los, Anton? Ist dir die Tandemfahrt nicht bekommen oder hast du unterwegs die Worte verloren? Das kennt man ja gar nicht von dir!", fragte Gisela. Auch Martin war Antons Schweigsamkeit schon unterwegs aufgefallen. Der druckste herum und konnte eine ungewohnte Traurigkeit nicht verbergen. Gisela drängelte weiter: „Was ist los Anton? Du kannst uns doch alles erzählen, dazu sind ja schließlich Freunde da."

„Ja, noch", antwortete er wortkarg und ein Zucken in seinen Mundwinkeln war nicht zu übersehen.

Gisela packte seine Oberarme und schüttelte ihn, als wollte sie ihn so in die Realität zurückbringen. Endlich rückte der große stattliche Mann mit der Sprache heraus: „Martin hat schon angekündigt, dass du mir eine Frau suchen wirst. Ich will aber doch bei euch bleiben. Was soll ich bei fremden Leuten im neuen Haus!"

Martin und Gisela redeten zugleich auf ihn ein: „Anton, wir drei gehören doch zusammen und daran wird sich auch nichts ändern. Das mit der Frau für dich - das war doch nur ein Scherz! Und sollte eine einziehen, die zu dir passt, ist es allein deine Sache, dich ihr zu nähern."

„Und alles bleibt wirklich, wie es ist?", versicherte sich Anton vorsichtshalber noch einmal.

Nun drehte Martin auf: „Wir drei werden weiter durch Dick und Dünn gehen, verlass dich drauf! Aber wenn man sich mit sechzig noch mal richtig verliebt, ist das etwas ganz Besonderes. Und so ein Glück, wie ich es mit Gisela erlebe, hätte ich mir auch für dich von Herzen gewünscht." Ihre Rührung überspielten sie, indem sie sich mit ihrem Getränk befassten.

Es blieb noch Zeit für eine Spritztour nach Harpstedt, die sie allerdings mit dem Auto machten. Martin wollte gern wieder einmal sein altes Domizil in Augenschein nehmen. Um eine Baustelle zu umgehen, entschieden sie sich für einen kleinen Umweg. In Groß Henstedt bogen sie links ab, um auf einer Querverbindung auf die direkte Straße nach Harpstedt zu gelangen.

„Oh sieh mal, das sieht ja toll aus!" Giselas Stimme wollte sich vor Begeisterung schon fast überschlagen. Martin stimmte ihr zu, denn auch er sah etwas nicht Alltägliches. Der Himmel war strahlendblau und nur eine einzige weiße

Schönwetterwolke zeigte sich. Es sah aus, als mache sie Siesta auf einem der stillstehenden Rotorblätter einer Windkraftanlage.

„Wenn jetzt einer die Anlage in Betrieb setzt, kickt das Blatt die Wolke weg, wie beim Federballspiel." Gisela war beeindruckt und machte gleich ein paar Aufnahmen mit dem Smartphone.

Windkrafträder? Da wurde Antons Interesse geweckt und er erkundigte sich, wie viele es davon in diesem Bereich gab.

„Zehn", erhielt er von Martin als Antwort, der jetzt versuchte, die Höhe der Krafträder zu schätzen. Gisela hielt sich zurück, denn sie wusste, dass sie mit ihrer Einschätzung gründlich daneben liegen könnte.

Am Fuß des einen Windkraftrades parkte ein Pkw – das konnte doch nur der Betreiber sein. Bei dem könnten sie doch gleich ihre Fragen loswerden. Der nette Herr gab bereitwillig Auskunft und bezeichnete die Höhe mit 120 und die Gondelhöhe mit 85 Metern. Gisela fragte weiter und erfuhr, dass die Rotorblätter 40 Meter lang seien.

Anton war wieder der Alte und meinte schmunzelnd: „Donnerschlag – 120 m hoch. Da könnte man Dirk Nowitzki ja bald 57 Mal übereinanderstellen, um auf diese Höhe zu kommen." Das war wieder typisch Anton.

Zu Martins Freude machte sein Haus einen sehr guten gepflegten Eindruck und das beruhigte ihn sehr.

Auf dem Heimweg überraschte Anton seine beiden Begleiter erneut, als er bemerkte: „Das war eben die Mordbrücke!"

Gisela und Martin schauten sich stumm und fragend an. Sollte Anton doch mehr sehen, als er vorgab? Schnell hatte Anton aber die Erklärung bereit.

„Ich habe bemerkt, dass der Straßenasphalt recht uneben ist, doch dann fahren wir über einen kleinen Huckel, den ich auf der rechten Seite mehr spüre, als auf der linken. Danach wird die ebene Fahrbahn für ein paar Meter durch einen schlechten Straßenbelag unterbrochen. Das muss die Mordbrücke sein, ich habe mir das gemerkt. Schließlich sind wir hier schon etliche Male gefahren und ihr habt jedes Mal auf die geschichtsträchtige Brücke hingewiesen. Jetzt bin ich euch mal zuvorgekommen."

Der nächste Tag würde sicher dieses Bild bieten: Kunterbuntes Treiben in der Bassumer Innenstadt. Doch kurz vor siebzehn Uhr war zu erwarten, dass sich eine Schar Kripobeamter in

Zivil unter das Volk mischte. Ob die sich so gut tarnen konnten, dass sie nicht ohne weiteres zu erkennen waren? Gisela war gespannt wie ein Flitzebogen und steckte ihre Begleiter damit an. Krimi live und nicht wie sonst aus dem Fernseher, das war mal etwas ganz anderes. Hoffentlich hatten die Herren von der Syker Polizei Giselas Schreiben ernst genommen. Vielleicht sollte sie die Beweisstücke am nächsten Tag gleich mitnehmen und den Beamten nach der Festnahme noch vor Ort aushändigen. Das wäre die passende Gelegenheit, die Anonymität aufzuheben. Allerdings verspürte sie nicht das Verlangen, in der Zeitung zu lesen: „Rentner-Trio deckt Verbrechen auf" oder ähnliches.

Immer wieder diskutierten sie über das Ehepaar Tegge, für das die Festnahme der Söhne einen weiteren Schicksalsschlag bedeuten würde. Auch auf Mareks Reaktion waren sie schon gespannt. Der würde sich bestimmt darüber freuen, Pawel wieder zu sehen. Noch sechsundzwanzig Stunden, dann war es endlich soweit und die Polizei würde Jens und Sven Tegge und auch Kowalski die „Hamburger Acht" anlegen, wie sie die Handschellen scherzhaft bezeichneten.

Auf dem Rückweg machte Gisela sich viel Gedanken über Anton und dessen Sorge, abgeschoben zu werden. Anton, der immer einen Scherz auf den Lippen hatte, hatte so unerwartet empfindlich reagiert. Bei seinem ersten Besuch in Osterbinde war er in Begleitung eines Mannes erschienen, den er als seinen Freund vorstellte. Seltsam, dass sie nie wieder etwas von ihm gehört hatten. Als es um das gemeinsame Gästezimmer ging, hatte Anton angekündigt, dass auch sein Besuch dort möglicherweise einmal nächtigen würde. Bei Gelegenheit wollte sie Anton behutsam nach seinen Freunden fragen.

Gisela wusste aus seinen Erzählungen, dass Antons Eltern nicht mehr lebten und auch, dass es keine Geschwister gab. Offenbar hatte er jetzt nur Martin und sie. Es war deutlich zu merken, wie sehr er den Umgang mit beiden genoss, denn sie ersetzten seine Familie. Trotzdem fühlte er sich scheinbar oft in der Rolle des Nehmenden, denn zeitweise war er von beiden abhängig. Wie einsam würde sein Leben verlaufen, wenn er allein wohnte. Ein bisschen war ihre Situation vergleichbar, denn ebenso wäre es ihr selbst ergangen. Während ihres Berufslebens waren beide, sie und auch Anton, von Kollegen, Patienten beziehungsweise

Mandanten umgeben. Die Zeit, einen echten Freundeskreis aufzubauen, hatte Gisela sich damals nicht genommen und Anton war es vermutlich nicht viel anders ergangen. Immer wieder war sie froh und dankbar, dass sie den Kontakt zu Gaby wiederhergestellt hatte und sich ihr Verhältnis so prächtig entwickelte. Aber nicht jeder hat eine Nichte wie Gaby – Anton jedenfalls nicht. Vor lauter Recherchen, Ermittlungen und Erkundigungen war ihr entgangen, dass ein Mensch aus ihrer unmittelbaren Umgebung auf Zuwendung und die Erfüllung seiner Wünsche verzichtet hatte. Konnte sie in Zukunft auf ihr geliebtes Hobby „Detektivspielen" verzichten? Vermutlich nicht, denn dazu war ihr Gerechtigkeitssinn viel zu stark ausgeprägt. Sollte sie demnächst wegschauen, wenn sie wieder mal auf ungewöhnliche Dinge stieß? Sie wollte daran arbeiten, beides besser unter einen Hut zu bekommen.

Mit Martin verhielt es sich anders, denn sie vermutete, ihn durch und durch zu kennen. Oft wusste sie, was er dachte. Anton versteckte seine Gedanken und Gefühle dagegen häufig hinter seiner Spaßmacherfassade.

Als das Haus in Osterbinde wieder in Sichtweite war, unterbrach Gisela zwangsläufig die

Grübeleien, die sie während der Rückfahrt beschäftigten. Beim Abendessen fragte sie: „Wenn das morgen alles vorüber ist, können wir doch mal nach Sylt fahren und deine Tochter und ihre Familie kennenlernen, Martin. Oder wenn du deinen Freund besuchen möchtest, Anton, dann sag Bescheid. Wir bringen dich gerne hin oder begleiten dich."

Martin freute sich über den Vorschlag, denn seine Tochter hatte er seit Monaten nicht gesehen. Am liebsten wollte er gleich einen Termin ausmachen. Antons Begeisterung hielt sich in Grenzen: „Mein Freund ist eigentlich nur ein Ex-Kollege. Ein echter Freund hätte mich doch längst besucht. Er hat nur ein einziges Mal angerufen und sich nach meinem Befinden erkundigt. So ist das eben: Aus den Augen, aus dem Sinn! Er hat halbstündlich neue Patienten und kaum Zeit für einen Klönschnack. Und um seinen Feierabend will ich ihn auch nicht bringen. Lass man gut sein." Da war sie wieder, Antons Rücksichtnahme und Bescheidenheit. „Ein paar Tage Urlaub auf Sylt sollten wir uns wirklich gönnen", meinte Martin. „Wer weiß aber, wie viel Zeit wir noch für Zeugenaussagen einplanen müssen. Dann wird Pawel kommen und vielleicht auch dein Ex-Chef. Ich sehe schon, zeitlich festlegen können wir uns noch nicht."

Es war zu erwarten, dass sich die weiteren Gespräche um die bevorstehenden Festnahmen drehten. Sogar Lindemanns klingelten und gesellten sich dazu. Alle waren extrem gespannt. „Marek kennt doch angeblich alle polnischen Erntehelfer. Ob er auch Kowalski kennt? Man hätte ihn danach fragen sollen", meinte Herr Lindemann. Gisela entgegnete: „Ich habe mir das genau überlegt und bin zu dem Entschluss gekommen, es besser nicht zu tun. Vielleicht wäre Kowalski unabsichtlich gewarnt worden. Es war richtig, keine weiteren Personen ins Vertrauen zu ziehen." Kurz vor Mitternacht waren drei Flaschen Rotwein geleert und nach und nach wurden in Lindemanns Haus die Lichter gelöscht. Jetzt war jeder mit sich und seinen Gedanken und Gefühlen allein.

Meistens holte Martin morgens die Zeitung aus dem Briefkasten, die dann aufgeteilt wurde, denn er selbst behielt zunächst den Sportteil für sich. Den Rest übernahm Gisela. Beide lasen Anton nach dem Frühstück Wissens- und Lesenswertes vor. Die Titelzeile lautete ausgerechnet an diesem Morgen: „Morde bleiben oft unentdeckt". Allerdings ging es in dem Artikel um die von den Justizministern geforderte Verbesserung der Leichenschau. Im konkreten Fall, der die Drei seit Wochen beschäftigte, hatte keiner außer Pawel und seiner Mutter die Leiche gesehen.

Sie überlegten, wie sie die Wartezeit bis neunzehn Uhr überbrücken könnten. Am liebsten wollte Anton schon wieder Fenster putzen, aber die waren noch blank genug. Martin schlug einen Friseurbesuch im Salon „Haareszeiten" für alle vor. Die Idee war nicht schlecht, denn auf diese Weise konnte auch Gisela für mindestens eine Stunde zum Nichtstun verdammt werden. Sie hatten Glück, denn zwei Kunden hatten ihren Termin abgesagt und die Drei kamen an die Reihe. Kurz vor Mittag saßen sie frisch frisiert auf der Terrasse und immer noch waren neun Stunden bis zum großen Ereignis zu überbrücken. Gisela kam es vor, als zöge der Sekundenzeiger der Küchenuhr seine Runden im Zeitlupentempo. Unbewusst stieß sie von Zeit zu Zeit einen unüberhörbaren Seufzer aus.

„Ich erinnere mich an ein Weihnachtsfest, als ich neun oder zehn Jahre alt war", besann sich Gisela. „Damals war ich vor der Bescherung so aufgeregt, dass ich plötzlich Fieber bekam. Meine Eltern machten zur Ablenkung einen langen Spaziergang mit uns. Ich hatte weder Husten noch Schnupfen oder war sonst irgendwie krank. Nach der Bescherung war das Fieber wie von Zauberhand verschwunden." Unwillkürlich berührte sie ihre Stirn. Auch Martin fühlte und stellte lachend fest: „Das sind mindestens 45 Grad! Wart nur ab, in ein paar Stunden ist alles wieder im Lot. Wie wäre es mit einer Spritztour gleich nach dem Mittags-schlaf?" Diesen Vorschlag nahmen Anton und Gisela gleich an. Sicher würde ihnen die körperliche Betätigung zur Abwechslung gut tun und sie auf andere Gedanken bringen.

„Oh ja, lass uns noch mal nach Twistringen fahren. Noch ist bestimmt alles friedlich in Kowalskis Haus. Wo sein Hund wohl bleibt wenn er in den Knast kommt? Stellt euch mal vor, unser Verdacht würde sich nicht bestätigen! Mein Gott, wäre das aber peinlich." Gisela war so aufgeregt wie schon lange nicht mehr.

„Du hast das sicher alles ganz richtig gemacht, lass dich zum Schluss nicht noch verunsichern. Wenn du dich getäuscht hast, dann will ich ab sofort Hugo heißen!", tröstete Anton. Martin bemerkte richtig: „Friedlich kann es bei Kowalski nicht mehr sein. Der hat doch den Brief bekommen und läuft bestimmt wie ein

Tiger im Käfig umher. Dem ist sicher ganz schön heiß unterm Hintern geworden."

„Du hast Recht! Aber dann könnten wir auch noch zu Tegges Hofladen fahren, um da die Stimmung einzufangen. Mal sehen, ob uns die Herren Jens und Sven die Ehre geben. Hoffentlich gibt es dort heute Abend nicht noch ein weiteres Unglück! Dann wäre ich Schuld, weil ich die Halunken aufeinander gehetzt habe!"

„Beruhige dich! Die Polizei wird das regeln und wir können alles aus nächster Nähe verfolgen. Es war doch dein Ziel, die Verbrecher hinter Schloss und Riegel zu bringen."

„Ich will mal eben mein Horoskop lesen!" Gisela sprang auf, um die Zeitung zu holen und las vor, was es den Jungfrauen zu bieten hatte: „Sie schaffen zwar erstaunlich viel allein, aber alles und jedes ist sogar für Sie zuviel. Mit der Unterstützung gewisser Menschen dürfen Sie jedoch rechnen. Tun Sie es mit ihnen zusammen. Eine negative Einstellung zu den Dingen ist das, was Sie jetzt am wenigsten gebrauchen können. Menschen, die Sie deprimieren, sollten Sie meiden. Suchen Sie die Nähe froher Leute." Sie legte die Zeitung beiseite und fragte die beiden Männer: „Seid ihr frohe Leute?" Im Augenblick fühlten sich die Zwei vor allem angespannt.

Schon zum dritten Mal überprüfte Gisela ihre Zuckerwerte. Über die Ergebnisse sprach sie nicht, doch Martin vermutete, dass die Anspannung da einiges durcheinander gebracht hatte. Gegen die sonstige Gewohnheit ging es am Mittagstisch ziemlich schweigsam zu. Gestern noch waren sie sich einig, dass die Königsberger Klopse besonders gut gelungen waren. Heute stopften sie sich lustlos die aufgewärmten Fleischklöße in den Mund. Im Laufe der Zeit hatten sie sich an die Mittagsruhe gewöhnt, doch sie ahnten, dass heute vermutlich nicht mit einem erholsamen Schlaf zu rechnen war. Gisela wühlte im Bett, wälzte sich unruhig von einer Seite auf die andere und machte Martin damit noch nervöser, als er es ohnehin schon war. Nach zwanzig Minuten sprang sie wieder aus dem Bett und schlug vor: „Wollen wir nicht jetzt schon losfahren? Ich muss an die frische Luft! Ich glaube, ich platze sonst!" Als Martin bei Anton klopfte, war der auch schon wieder so gut wie auf den Beinen.

Martin machte die Fahrräder startklar und sie fuhren zuerst zu Tegges Hofladen. Die Chefin besuchte ihren Mann im Krankenhaus. Frau Lindemann bediente eine Kundin und hörte sich von ihr den neusten Dorfklatsch an. Von Sven und Jens war nichts zu sehen. Die drei Freunde kauften ein paar Äpfel und staunten, dass die im Sommer noch so schön knackig waren. Das kurze Gespräch mit Frau Lindemann blieb oberflächlich, denn es konnte jederzeit ein neuer Kunde auftauchen.

„Soll ich die Äpfel eben abspülen? Dann können Sie sich draußen auf die Bank setzen und sie gleich verspeisen."

„Gute Idee!", war die Antwort, denn hier, unter Tegges Dach, fühlten sie sich nicht gerade wohl. Beim Verlassen des Ladens zwinkerte Gisela Frau Lindemann zu, die ebenfalls ein Auge zukniff. Sie waren Verbündete, obwohl sie nicht wirklich hätten sagen können, ob sie zugunsten der Tegges taktierten oder die Familie in ein noch größeres Unglück stürzten.

Die Bank stand etwas abseits unter einer großen Kastanie, die ihnen Schatten spendete. Hier konnten sie sich ungestört darüber austauschen, welche Folgen die Festnahme für die alten Tegges haben mochte.

Diese Ruhe wurde jäh beendet, als ein Lieferwagen auf den Hof raste. Mit quietschenden Reifen brachte Sven Tegge den Wagen zum Stehen. Schon stand Jens Tegge in der Tür und schrie seinen Bruder an: „Wo warst du so lange? Warum gehst du den ganzen Tag nicht ans Handy, du Idiot? Wenn man dich braucht, bist du mal wieder nicht zu erreichen!"

„Akku war leer!", hörten sie die knappe Antwort. Sven wollte mit dem Entladen des Fahrzeugs beginnen, wurde aber am Ärmel ins Haus gezerrt.

Gerade hörten sie noch: „Das hat Zeit! Los komm! Ich muss dir was zeigen..." Dann waren die beiden im Haus verschwunden. Keine Frage, Jens hatte den Brief mit Pawels Foto erhalten. Laute, aufgeregte Stimmen waren zu hören, obwohl die drei nur einige Wortfetzen aufschnappen konnten. Die jungen Herren Tegge standen vermutlich vor einem Rätsel, das sie nicht lösen konnten. Ihnen blieb keine andere Wahl, als um siebzehn Uhr nach Bassum zu fahren. Bevor Anton, Martin und Gisela wieder aufs Fahrrad stiegen, warfen sie noch einen vielsagenden Blick in den Hofladen, den Frau Lindemann zu deuten wusste.

„Zeig uns doch mal den Kowalski-Schuppen, Gisela. Wir haben noch genug Zeit", schlug Martin vor. Gisela wusste, dass sie den Sandweg kaum mit dem Fahrrad befahren konnten, schon gar nicht mit einem Tandem. Lust, den Weg noch einmal zu Fuß zurückzulegen, verspürte sie keineswegs und sie wusste nicht einmal, ob sie den Weg überhaupt wiederfinden würde. „Ich halte das für keine gute Idee. Es ist anzunehmen, dass wir Kowalski aufgescheucht haben und er womöglich gerade den Schuppen räumt. Muss wirklich nicht sein, ihm ausgerechnet jetzt zu begegnen. Ich könnte versuchen, die Strecke wiederzufinden, aber dann müssten wir da ansetzen, wo er mir die Vorfahrt genommen hat. Es leuchtet mir nicht ein, weshalb Kowalski mit einem nahezu neuen Auto über solch einen Holperweg fuhr. Kann doch für die Achse bestimmt nicht gut sein."

„Ist in den Kreisen wohl kein Problem – notfalls hätte er sich eben einen neuen Wagen klauen lassen!", grinste Anton.

„Wir sollten Frau Lindemann mal nach einer Rad-Wanderkarte fragen. Damit wäre es leichter, wenigstens die asphaltierte Straße wiederzufinden, ohne vorher über die Rumpelpiste zu fahren. Ich hatte keine Ahnung wo ich war, bis ich die Kirchturmspitze sehen konnte. Die Strecke würde ich aber ganz sicher wiederfinden, wenn mich die Kripoleute danach fragen."

„Dann lasst uns nach Twistringen fahren, um die letzten Stunden zu überbrücken", schlug Martin vor.

„Wisst ihr überhaupt, dass es bei Twistringen sogar eine Burg geben soll? Die Hünenburg, davon habe ich schon mal gehört. Die könnten wir doch mal suchen. Die wollte ich schon immer mal sehen." Es wirkte jedes Mal seltsam, wenn Anton von „sehen" sprach.

Sein Vorschlag fand Zustimmung, immerhin waren es fast noch drei Stunden bis zum großen Ereignis. Ein Blick zur Orientierung auf Giselas Smartphone und schon radelten sie los. Es bedeutete auf jeden Fall ein gutes Ablenkungs- manöver. Über Binghausen und Stelle gelangten die Radler nach Scharrendorf und fanden die Hinweisschilder zur Hünenburg.

„Haltet mal an! Ich habe etwas viel besseres entdeckt. Schaut mal – da links!", rief Gisela den Männern zu.

„Das kleine Gartencafé. Das sieht so einladend aus. Das sollten wir uns heute mal näher anschauen."

Auf dem Grundstück stand, von einem idyllischen Garten umgeben, ein quietsche- grünes Gartenhaus und weiter noch ein geräumiger Pavillon. Auf einer großen Terrasse standen etliche Tische und Stühle für die Gäste bereit. Fast jeder Platz war besetzt, doch Martin sah, dass an einem Tisch kassiert wurde. So konnten die Drei doch noch in den Genuss kommen, es sich hier gut gehen zu lassen. Gisela verzichtete auf ein Stück Torte, auch wenn es noch so verführerisch aussah. Das Angebot, von Martins Stachelbeertorte und Antons Mohn-Marzipan-Torte zu probieren, schlug sie allerdings nicht aus.

„Ich weiß nicht, blättere ich gerade in der ‚Landlust', oder ist diese Idylle Wirklichkeit?", fragte Gisela die sympathische Besitzerin. Auch deren Mann kam hinzu, um ein paar freundliche Worte zu wechseln. Sie beschlossen, dieses ansprechende Café bei nächster Gelegenheit noch einmal zu besuchen.

Auf ging es, weiter zur Hünenburg - der Weg war nicht mehr weit. Sie lasen auf den Info-Tafeln, dass es sich um eine frühgeschichtliche Burganlage handelte, die damals vermutlich als Schutzburg galt. Ein drei Meter hoher und 15 Meter breiter Erdwall umgab die Anlage, die früher vermutlich auch als Thingstätte diente. Dazu gab es den Hinweis auf den Ortsnamen Stöttinghausen. Durch ein hohes hölzernes Eingangstor gelangten sie ins „Innere" und fanden ein Gebäude, das für diverse Veranstaltungen genutzt werden konnte. Einige Kinder spielten kreischend Verstecken. Gisela reagierte ziemlich nervös darauf, obwohl ihr Kindergeschrei sonst nichts ausmachte. Ein sicheres Zeichen, dass sich Anspannung und Nervosität ihrer bemächtigten.

Es wurde höchste Zeit nach Bassum zurückzufahren, denn es war einfach undenkbar, sich das inszenierte Schauspiel entgehen zu lassen. Mit den Worten: „Nun aber los! Sonst ist der Drops schon gelutscht, bevor wir da sind!", schwang Gisela sich aufs Rad und fuhr den Männern voraus. Mit soviel Gegenwind hatten sie nicht gerechnet. Es war bereits fünf vor fünf, als sie in Bassum den Ort des Marktgeschehens erreichten. Von weitem schon hörten sie laute Musik: Helene Fischer sang ihren Erfolgshit „Atemlos". Das passte genau, denn ziemlich atemlos waren alle Drei. Noch ganz außer Puste stellten sie die Räder ab und mischten sich unter das Volk. Vor der Kreissparkasse gleich neben dem Treffpunkt an der Bronzestatue des Bürgermeisters Lienhop mit seinem Hund waren die Linedancer aktiv und zeigten ihr Können zu recht lauter Musik. Die Marktbesucher waren in Feier- und Kauflaune und belagerten vor allem die Buden, an denen Ess- oder Trinkbares angeboten wurde. Martin und Gisela mussten sich erst orientieren und versuchten, Kripobeamte in Zivil zu erkennen. Da, das Pärchen sah verdächtig aus! Die zwei unterhielten sich zwar miteinander, sahen sich dabei aber nicht an, sondern ließen ihre Blicke schweifen. Auch der Mann mit dem Pferdeschwanz und der knallroten Latzhose beobachtete die Menschen. „Kommt, wir müssen uns so stellen, dass wir den Meister Lienhop im Auge behalten. Wenn sie mit dem Auto kommen, können sie hier ja gar nicht parken. Wir gehen am besten bis zur Maas-Kreuzung", empfahl Gisela und bahnte sich einen Weg durch die Menschenmenge. Etwa zwanzig Meter von ihnen entfernt entstand plötzlich ein Tumult. Fünf Männer und eine Frau hatten blitzartig einen Mann umringt. Als Gisela den Hals reckte, erkannte sie Kowalski, der ziemlich verdattert aus der Wäsche schaute. Natürlich waren auch Andere aufmerksam geworden und versperrten Gisela und Martin teilweise die Sicht. Martin und Gisela erkannten, wie Kowalski erfolgreich nach Waffen abgetastet wurde. Die Beamten brachten tatsächlich ein Messer und eine Pistole zum Vorschein. Sie schnappten Wortfetzen auf wie: „Sie stehen unter Verdacht..." und „Erpressung". Anton meinte gehört zu haben: „Autoschieberei". Das volle Programm also! Man hatte Giselas Bericht durchaus ernst genommen. Kowalskis Erscheinen bei der

Bürgermeister-Statue kam einem Eingeständnis gleich. Bislang hatte Gisela immer wieder ihre Theorie bezweifelt. Jetzt konnte sie sich davon überzeugen, dass ihre Vermutungen stimmten. Obwohl sie zu weit vom Geschehen entfernt war, meinte sie, das Klicken der Handschellen gehört zu haben. Kowalski wurde zum Polizeiauto abgeführt und Martin und Gisela genossen den Anblick, als ein Beamter Kowalskis Kopf beim Einsteigen in den Wagen nach unten drückte. Gisela kniff sich selbst in den Arm, um sicher zu sein, dass sie nicht träumte. Sie kamen gar nicht nach, Anton über alle Einzelheiten auf dem Laufenden zu halten, denn schon wieder entstand am Rande des Maas-Parkplatzes ein Getümmel. Lautes Stimmengewirr ließ die Passanten erneut aufschrecken. Das deutete auf das Erscheinen der Brüder Tegge hin. Unwillkürlich drehten alle Umstehenden den Kopf in die Richtung, in der sich erneut Hektik ausbreitete. Die drei Eingeweihten, die außer den Kripobeamten das größte Interesse an dem Geschehen hatten, wollten sich die Festnahme nicht entgehen lassen. Trotz der gebotenen Eile blieb Gisela unvermutet stehen und kramte in ihrer Tasche. Sie war so zittrig, dass ihr die geöffnete Tasche zu Boden fiel und sich der Inhalt über die

Pflastersteine verteilte. „Ausgerechnet jetzt!",
hörte man Martin etwas ärgerlich, der sich
bückte, um Lippenstift, Handy,
Papiertaschentücher und den weiteren Inhalt
einzusammeln. „Traubenzucker! Wo ist mein
Traubenzucker?" fragte Gisela hektisch.
„Was ist denn mit dir los?" Martin erschrak, als
er Giselas Arm berührte, der sich kaltschweißig
anfühlte. Er wusste, was zu tun war: Hastig
öffnete er eine Lage Traubenzucker nach der
anderen und schob sie Gisela in den Mund. Kein
Zweifel, sie war unterzuckert. Bei der ganzen
Aufregung hatte sie die regelmäßigen
Mahlzeiten vernachlässigt, die für sie als
Diabetikerin überaus wichtig sind. Das letzte
Essen hatte sie vor mehr als sechs Stunden zu
sich genommen, danach nur den Kaffee
getrunken. Anton war sehr besorgt, als er
begriff, dass es noch Wichtigeres gab als die
Festnahme des Mörders. Bald beruhigte Gisela
sich, weil die Dextrose Wirkung zeigte. Die
Männer bestanden darauf, umgehend wenigstens
eine „schnelle Bratwurst" zu essen. Martin
fühlte Giselas Stirn und stellte beruhigt fest, dass
sich ihre Temperatur wieder regulierte.
Tatsächlich hatte sie es geschafft, die Aufregung
und Angstzustände wieder unter Kontrolle zu
bringen, die in der Regel einen solchen Anfall

begleiteten. Der Schreck war allen gehörig in die Glieder gefahren, denn so eine haarige Situation hatten Martin und Anton bisher noch nicht miterlebt. Martin steuerte mit Anton auf der einen und Gisela auf der anderen Seite die nächste Bratwurstbude an. Hier waren sie die einzigen Kunden, weil sich alle Passanten jetzt mehr für die Polizeiaktion interessierten. Sogar der Grill war verwaist, denn der Mann mit der weißen Schürze und der Grillzange in der Hand stand neugierig zwischen den anderen Gaffern.

Nach und nach löste sich der Menschenauflauf wieder auf. Der ganze Einsatz war ihnen entgangen. Wie man den aufgeregten Stimmen der Umstehenden entnehmen konnte, war er offensichtlich erfolgreich verlaufen. Es war schon verrückt, dass ausgerechnet ihnen das Spektakel um Jens und Sven entgangen war.

„Da sind Sie ja endlich! Wo waren Sie bloß?", hörten sie plötzlich Herrn und Frau Lindemann.

„Unsere Heldin hat geschwächelt." Martin berichtete ihnen von Giselas Unterzuckerung. Die Lindemanns hatten alles aus nächster Nähe beobachten können und gaben ihre Eindrücke weiter: „Der Sven hat sogar versucht zu flüchten, aber sie haben ihn gleich wieder gefasst. Der Zugriff der Kripo kam für beide völlig überraschend. Ich habe genau gesehen, dass Jens eine Waffe abgenommen wurde. Na ja, gleich sitzen die bestimmt schon in Untersuchungshaft."

Es tauchten noch viele Fragen auf:

„Wer benachrichtigt wohl die bedauernswerte Frau Tegge?"

„Wer wohl Kowalskis Hund versorgt?" und weiter: „Ob die Autos hier auf dem Parkplatz stehen bleiben?"

Die Polizei würde mit Sicherheit alles regeln.

„Ich habe ja versprochen, mich morgen um vierzehn Uhr auf dem Revier zu melden. Am besten, ich fahre mit den Fundstücken gleich morgen früh zur Kripo. Wieso soll ich mich deshalb um meinen Mittagsschlaf bringen?", meldete sich Gisela zu Wort.

„Du fährst aber nicht allein! Ich werde dich begleiten, mein Hummelchen. Dein Schwächeanfall heute hat mir gereicht. Du musst dich erst einmal von den Strapazen der letzten Wochen erholen."

„Ja, ja ist schon gut! Ich bin doch kein kleines Kind und kann allein auf mich aufpassen."

Jetzt redeten sie zu viert auf Gisela ein und bestätigten ihr, wie sie mit ihrer unnach-ahmlichen Art das Leben aller Hausbewohner bereichert hatte. Etwas verlegen über so viel Lob und Schmeichelei wechselte sie schnell das

Thema: „Was Gaby und Kalle wohl sagen? Das können sie bestimmt nicht glauben. Und dann muss ich gleich noch bei Pawel und Bianca anrufen."

„Hat doch eigentlich Zeit bis morgen, aber es bringt wohl wenig Sinn, es ihr auszureden. Sie wird es trotzdem tun", stellte Anton fest. Gern nahm Herr Lindemann Martins Angebot an, mit dem Tandem zurück nach Osterbinde zu fahren. Anton war sicher, dass Lindemann die Spritztour überzeugt hatte. Auf den Fahrradhändler Jan wartete bestimmt in Kürze ein neuer Tandem-Auftrag.

Wieder zuhause redete Martin unentwegt auf Gisela ein und warnte sie vor den Gefahren im Zusammenhang mit ihren Recherchen. Er hatte viel zu viel Angst, dass ihr etwas zustoßen könnte. Die hörte nur mit einem halben Ohr zu und vermeldete höchstens mal ein kurzes: „Ja, ja!", um ihn wissen zu lassen, dass sie ihm zuhörte. Sie wusste, dass er es gut mit ihr meinte, aber sie wollte sich nicht überall reinreden lassen. So viel Fürsorge kannte sie aus der Vergangenheit nicht. Ihr Leben lang hatte sie die Verantwortung für sich allein übernommen und daran wollte sie auch jetzt nichts ändern. Natürlich würde sie niemals auf das Zusammenleben mit Martin und Anton verzichten, doch die hatten sie so zu akzeptieren, wie sie war. Sie war so glücklich, dass sie mit ihnen reden konnte, wie ihr der Schnabel gewachsen war. Lange genug hatte sie sich als Chefsekretärin anderen Notwendigkeiten anpassen müssen.

Das Schicksal hatte ihr den Fall Tegge / Kowalski in die Hände gespielt. Diese Herausforderung musste sie einfach annehmen! Es lag ihr fern, in Zukunft Sheriff von Bassum oder Osterbinde zu spielen, doch was, wenn sich wieder einmal eine ähnliche Situation bieten würde...? Bei der Vorstellung fühlte Gisela erneute Unruhe in sich aufsteigen.

Obwohl es schon reichlich spät geworden war, hielt sie ihr Versprechen und rief bei Bianca an. Erleichtert hörte diese die gute Botschaft und beschloss: „Morgen fahre ich zu meiner Schwiegermutter, denn die kann bestimmt ein offenes Ohr gebrauchen. Vielleicht kann sie mich heute besser verstehen. Sie hat nie erfahren, wie sehr ich auf dem Hof gelitten habe. Ich selbst habe sie nie damit belastet und ihr holder Sohn hat sicher nichts erzählt. Ich trage es ihr heute nicht mehr nach, dass sie im Zweifelsfall immer zu ihrem Sohn gehalten hat."

Gisela lobte Bianca für diesen spontanen Entschluss und beendete das Gespräch, weil sie auch noch Pawel informieren wollte. Der saß in Swinemünde schon wie auf Kohlen und auch für ihn war es eine Genugtuung, den Mörder seines Bruders hinter Schloss und Riegel zu wissen. Pawel diskutierte noch mit Gisela über das mögliche Strafmaß und darüber, ob das Gericht über Mord oder Totschlag urteilen würde. „Meiner Meinung nach scheidet Totschlag aus, denn wer führt schon zufällig einen Hammer mit sich, wenn er seinem Nebenbuhler auflauert", versuchte Gisela ihn zu beruhigen. Man konnte davon ausgehen, dass Pawel in Kürze zu einer Zeugenaussage geladen würde. Gisela bot ihm für den Aufenthalt in Deutschland das Gäste-zimmer in der WG an und freute sich schon auf ein Wiedersehen mit dem jungen Polen.

Nach den Telefonaten gesellte sie sich wieder zu Martin und Anton. Martin rückte dazu gleich an die rechte Kante der Couch, um Gisela ihre Lieblingslage anzubieten. Die legte sich entspannt auf die restlichen Polster, bettete ihren Kopf in Martins Schoß und genoss sein liebevolles Streicheln. Obwohl der turbulente Tag sie alle müde gemacht hatte, tauschten sie sich noch eine ganze Weile über die Geschehnisse aus. Auf die Titelzeile in der morgigen Ausgabe der Tageszeitung waren sie schon sehr gespannt.

„Durch einen Hinweis aus der Bevölkerung gelang es gestern der Polizei...", Martin las Anton am nächsten Morgen den Artikel vor. Schon eigenartig, dass der Autoschieberei mehr Text gewidmet wurde als dem Mordfall. „Da kannst du mal wieder sehen, wie viel heutzutage ein Menschenleben wert ist", sagte Anton entrüstet. „Die Belohnung zur Klärung eines Mordfalls wird meistens niedriger angesetzt als bei einem Eigentumsdelikt. Eine seltsame Welt ist das geworden! Apropos Belohnung, Gisela. Wer weiß, vielleicht wartet auf dich noch ein großer Betrag!"

„Ach Anton, deshalb habe ich das alles doch gar nicht gemacht. Du kennst doch meine Gründe: Erstens mag ich kein Unrecht, vor allem, wenn es ungesühnt bleibt. Und zweitens ergab sich dadurch eine interessante Beschäftigung für mich. Meine grauen Zellen wurden wieder richtig beansprucht. Ich fahre gleich nach Syke, um die Beweise abzuliefern. Mein Bauchgefühl sagt mir, dass ich statt Lob nur Tadel zu erwarten habe. Aber da muss ich jetzt alleine durch."

„Soll ich nicht doch besser mitkommen?", wollte Martin wissen.

„Nee, lass mal, bleib du bei Anton. Ich melde mich, wenn ich euch brauche."

Als Gisela den Müllbeutel mit den Beweisstücken im Kofferraum verstaute, kam Frau Lindemann ganz außer Puste angelaufen: „Gut, dass ich Sie noch treffe! Eben gerade rief Frau Tegge an, um mir zu sagen, dass der Hofladen bis auf weiteres geschlossen bleibt. Sie weinte am Telefon und fragte, ob ich schon Zeitung gelesen habe. Ich brachte es nicht übers Herz, ihr zu sagen, dass mir all das schon bekannt war."

„Das ist wirklich eine ganz unglückliche Situation. Ich glaube, an Ihrer Stelle hätte ich auch geschwiegen", antwortete Gisela und fuhr mit gemischten Gefühlen zur Syker Kripo.

Der Beamte war etwa Mitte dreißig und schaute über den Brillenrand. Er schwieg ein paar Sekunden lang, die Gisela wie eine Ewigkeit vorkamen. Sollte er doch endlich seinen Mund aufmachen! Plötzlich griff er nach dem blauen Plastiksack samt Inhalt, als wollte er demonstrieren, dass es dringend an der Zeit war, den Besitzerwechsel vorzunehmen.

„Sie sind es also, die uns die Arbeit abnehmen wollte!?" Gisela nickte stumm.

„Ich muss schon sagen, da haben Sie ja ganze Arbeit geleistet. Ihnen ist bewusst, dass Sie uns Beweismittel vorenthalten haben?"

„Das sehe ich anders, denn ich habe die Beweise sichergestellt." Ihre Stimme klang ruhig und sachlich, obwohl es in ihr brodelte. „Wissen Sie, dass wir Sie wegen Nichtanzeige einer Straftat belangen können? Weiter haben Sie die Täter begünstigt und vor Bestrafung geschützt."

„Erstens konnte ich die Straftaten nicht beweisen. Zweitens seien Sie doch mal ehrlich, hätte Ihr Zeitplan es zugelassen, der Angelegenheit nachzugehen? Es gab keine Leiche und vermutlich wurde hier auch keine Person als vermisst gemeldet. Der Zufall ist uns häufig zu Hilfe gekommen, sodass wir ein Puzzlestück logisch an das andere setzen konnten. Und gerade weil die Täter ihrer Strafe nicht entgehen sollten, haben wir recherchiert."

„Es war meine Pflicht, Sie über die Vorwürfe zu unterrichten. Aber ich muss sagen: Alle Achtung, wie Sie das gemacht haben. Hut ab! Unsere Aufgabe ist es unter anderem, die Menschen zu schützen. Sie haben sich nicht nur einmal in Gefahr gebracht. Wir können nur froh sein, dass Ihnen nichts passiert ist. Pfft, drei Pensionäre auf Verbrecherjagd und einer davon noch blind! Kaum zu glauben!"

Nun war es genug mit der Mischung aus Zuckerbrot und Peitsche, deshalb lenkte Gisela ab: „Soll ich Ihnen zeigen, wo ich den Schuppen entdeckt habe?"

„Ob Sie es glauben oder nicht: Den haben wir längst gefunden oder dachten Sie, wir überlassen unsere Arbeit weiterhin den Zivilisten? Eins kann ich Ihnen schon verraten: Da wurden in ganz großem Stil Autos umgespritzt und verschoben. Uns ist da ein Riesenfisch ins Netz gegangen."

„Brauchen Sie mich noch oder kann ich jetzt gehen? Sie können mich jederzeit telefonisch erreichen. Sollten wir außer Haus sein, läuft der Anrufbeantworter."

„Wir werden bestimmt noch etliche Fragen haben. Haben Sie in Kürze Urlaub geplant?"

Kurz ging Gisela die Sylt-Idee durch den Kopf, aber da gab es ja noch keinen konkreten Termin. Zum Abschied huschte dem Kripobeamten doch noch ein Lächeln über die Lippen. Einen guten Rat hatte er noch parat: „Genießen Sie doch Ihren Ruhestand und überlassen die Verbrecherjagd den Experten."

„Versprochen!", lächelte Gisela und er sah nicht, wie sie die Finger hinter dem Rücken kreuzte.

Wieder zu Hause angekommen, schnappte sie schon beim Öffnen der Tür Antons fragende Stimme auf: „Ich höre?" Vor lauter Aufregung hatten die beiden Männer während ihrer

Abwesenheit die Zeit mit Fensterputzen verbracht. „Alles klar, alles sauber Anton! Ich stelle gleich die Blumen auf die Fensterbank zurück. Da wird sie sich bestimmt freuen", lobte Martin, der Giselas Rückkehr noch nicht bemerkt hatte. Wie rührend, die beiden hatten ihr in der Tat einen großen Gefallen getan, denn Fensterputzen fand sie längst nicht so spannend wie auf Gangsterjagd zu gehen.

„Da bin ich wieder. Zum Glück haben sie mir den Kopf nicht abgerissen", fing Gisela an und gab ihre Eindrücke auf dem Präsidium weiter. „Zum gegebenen Zeitpunkt werden wir sicher alle drei da noch einmal erscheinen müssen, um unsere Aussagen zu machen. Wichtiger wird ihnen allerdings die Aussage von Pawel sein. Heute maile ich noch den kompletten Bericht an Herrn von Horn. Der wird sich auch wundern. Wie gut, dass er sich längere Zeit nicht gemeldet hat, so brauchte ich noch keine Andeutungen zu machen.

Um zwanzig Uhr landet der Flieger von Gaby und Kalle, wollen wir sie vom Flughafen abholen?" Martin und Anton waren gern dazu bereit: „Nimm gleich die heutige Zeitung mit, durch den Artikel sind sie dann schon mal vorgewarnt!"

Gaby und Kalle strahlten beim Wiedersehen um die Wette. Kalle schlug vor, auf die Ankunft von Michael und Nadine zu warten, deren Flieger aus Mallorca in einer guten Stunde landen sollte.

„Nur passen wir nicht alle in den Wagen."

„Das macht doch nichts, dann lassen wir uns mit einem Taxi nach Syke bringen. Setzen wir uns doch solange ins Restaurant und plaudern ein wenig. Wir erzählen von der traumhaften Kreuzfahrt und ihr berichtet, welche Neuigkeiten es hier gegeben hat. Was meint ihr?"

Da alle einverstanden waren, gingen Gisela und Gaby Arm in Arm vorweg, gefolgt von Kalle, Martin und Anton mit den Gepäckstücken.

„Stell dir vor", fing Gaby an, „es gab tatsächlich Schwierigkeiten, weil ich noch keinen neuen Personalausweis und Reisepass hatte. Wohlers oder Korn, ich musste von Fall zu Fall entscheiden, wie ich genannt werden wollte. Wie gut, dass ich in weiser Voraussicht eine Kopie der Heiratsurkunde eingesteckt hatte. Die Kreuzfahrt war einfach wundervoll, aber dass es eine Hochzeitsreise war, hat sie noch viel, viel reizvoller gemacht.

Euch geht es doch gut, oder? Täusche ich mich, oder siehst du wirklich blass aus?"

„Da könntest du wohl Recht haben", gestand Gisela.

Inzwischen hatten sie sich im Restaurant für einen Platz entschieden und studierten die Speisekarte.

„So schön es auch war, aber jetzt freue ich mich schon riesig auf unser Zuhause, auf den Garten und die Blumen", meinte Gaby.

„Die Blumen hat Gisela täglich versorgt und Martin hat sogar den Rasen gemäht", verriet Anton.

„Rasen gemäht? Das ist klasse! Dann brauche ich mich morgen früh ja nicht damit zu beschäftigen", bedankte sich Kalle bei Martin.

„Aber sonst ist wohl alles beim Alten. Was soll auch schon in einer Woche passieren?" Etwas betreten zog Martin die Zeitung aus der Tasche und hielt sie Kalle vor die Augen. Er tippte auf den Artikel, der bewies, dass in der Zwischenzeit doch etwas Ungewöhnliches passiert war. Kalle las den Bericht und schob Gaby die Zeitung hin.

„Sagt jetzt nur nicht, dass ihr da involviert ward!"

Alle drei nickten stumm. Kalle wollte natürlich alles ganz genau wissen und bat um weitere Erläuterungen. Martin wusste nicht, ob es Giselas Bescheidenheit oder schlechtes Gewissen war, als sie erklärte: „Och, das war alles nicht so tragisch. Am besten mache ich dir eine Kopie von dem Schreiben an die Polizei. Dann bist du bestens informiert, kannst deine Fragen stellen und hinterher mit mir schimpfen. Lasst uns erst essen, sonst verpassen wir noch Michi und Nadine." Ein taktisch gelungener Schachzug von Gisela: Zuerst Ablenkung, dann die Konfrontation mit den Einzelheiten. So konnte sie den Ball zunächst noch flach halten – das große Donnerwetter von Kalle würde sicher nicht lange auf sich warten lassen. Als sie sich zur Ankunftshalle begaben, um Michael und Nadine abzuholen, kam ihnen das junge Paar strahlend und gut erholt entgegen. Nadines Babybauch hatte ganz schön an Umfang zugenommen, kein Wunder, denn bis zum errechneten Geburtstermin waren es nur noch sechs Wochen. Während die Eheleute Korn und Wohlers in ein Taxi stiegen, das sie nach Syke bringen sollte, fuhren die drei Helden in Richtung Bassum. Unterwegs malten sie sich schon Kalles Reaktion auf den Bericht für die Polizei aus. Ihnen schwante nichts Gutes.

Es kam so, wie es zu befürchten war. Am nächsten Morgen meldete sich Kalle telefonisch und bat um den Bericht. Mit gemischten Gefühlen schickte Gisela ihm ihre Aufzeichnungen per Mail. Eine gute Stunde später standen Gaby und Kalle aufgebracht vor der Tür und es folgte die bereits bekannte Litanei von den Gefahren, denen sie sich ausgesetzt hatte. Außerdem die Belehrung, dass solche Recherchen in die Hände von Experten gehörten. Erst ganz zum Schluss lobte Kalle sie für ihre Ideen und ihren Einsatz.

„Ihr habt so großes Glück gehabt, dass euch dabei nichts passiert ist. Ich kann mir genau vorstellen, wie Gisela euch mit ihrem Ermittlungsfieber angesteckt hat. Ihr hättet sie lieber bremsen sollen, statt sie zu unterstützen", meinte Kalle. Gisela nahm die Herren in Schutz: „Glaub mir, sie haben es oft genug vergeblich versucht. Was sollte mir denn schon zustoßen? Ich hatte doch einen Talisman dabei: meinen Schornsteinfeger. Und Anton ist doch aus dem Schneider. Der kann doch im Zweifelsfall jederzeit sagen: Ich habe nichts gesehen!"

Was blieb Kalle da noch zu sagen?

Nun wurden die beiden Fälle bis in die winzigste Kleinigkeit auseinander genommen. Die Fakten waren eindeutig, über den Rest ließen sich lediglich Vermutungen anstellen. Nun lag es ausschließlich in den Händen der Kripo, Licht ins noch verbliebene Dunkel zu bringen.

Auf dem Rückweg nach Syke hatte Kalle eine Idee: „Du weißt doch, wie sehr ich Gisela schätze. Gerade deshalb kann ich nicht zulassen, dass sie sich noch einmal in Gefahr begibt. Ich könnte sie beschäftigen, damit sie nicht wieder auf dumme Gedanken kommt. Unsere Ordner sind teilweise zum Bersten voll. Sie könnte doch ins Büro kommen, die Unterlagen scannen und im optischen Archiv anordnen. Wir würden uns von dem ganzen Papierkram trennen und hätten viel mehr Platz im Büro. Für Gisela wäre das eine sinnvolle Beschäftigung und sie kommt nicht mehr auf dumme Ideen. Ich wollte schon längst eine Aushilfskraft dafür einstellen. Mal sehen, ob ich Gisela dafür gewinnen kann, was meinst du?"

„Wenn du ihr eine anspruchsvollere Beschäftigung anbieten könntest, würde sie die mit Kusshand annehmen. Aber scannen und archivieren, ich weiß nicht, wie sie darauf reagiert. Solltest du ihr das anbieten, muss es auf jeden Fall so aussehen, als würde sie dir einen großen Gefallen damit tun. Gisela durchschaut sonst sofort, dass du sie nur aus dem Verkehr ziehen willst. Du kannst es ja mal versuchen."

Nachmittags wagte Kalle den Vorstoß und unterbreitete Gisela seinen Vorschlag. Die reagierte fast beleidigt, denn das Scannen und Archivieren war in ihren Augen Arbeit für einen Azubi oder eine Hilfskraft, aber nicht für eine frühere Chefsekretärin. Kalle blieb hartnäckig und versuchte, ihr die Arbeit schmackhaft zu machen: „Ich hatte das schon einmal mit einer Aushilfskraft versucht, aber da konnte ich die Vorgänge nicht wiederfinden. Es muss sehr sorgfältig gearbeitet werden. Wir müssen die Vorgänge auf einen Klick wiederfinden können. Außerdem soll unterschieden werden, ob es sich um gelöste oder ungelöste Fälle handelt. Das ganze System muss neu organisiert werden. Du würdest mir einen großen Gefallen damit tun. Schließlich ist das auch eine Vertrauenssache. Wie soll ich einen wildfremden Menschen dahingehend einschätzen und wissen, ob er zuverlässig und verschwiegen ist. Bei dir wüsste ich alles in besten Händen."

„Gut, ich überlege mir das noch und entscheide mich bis morgen."

„Michael und ich sind selten im Büro. Dann bist du da allein und kannst schalten und walten wie du willst. Die Zeit kannst du dir selbst einteilen. Hauptsache, die Sache wird endlich in Angriff genommen."

„Wie gesagt, lass mir Zeit bis morgen. Ich muss eine Nacht darüber schlafen und es auch mit Martin und Anton besprechen. Es war schließlich nicht geplant, dass einer von uns wieder arbeitet."

Ein einziges Wort aus dieser Unterhaltung hatte sie elektrisiert und das Ganze unter einem anderen Blickwinkel betrachten lassen: „ungelöst". Es gab also ungelöste Fälle, das könnte ja doch noch interessant werden. Möglicherweise hatte ein Auftraggeber eine zeitliche Befristung angegeben oder den Auftrag aus finanziellen Gründen zurückgezogen. Wenn sie sich bei der Arbeit beeilte, bliebe ihr Zeit, sich gerade dieser ungelösten Fälle anzunehmen. Es war durchaus möglich, dass sie auf diese Weise Wind von einer Sache bekam, wo sie endlich wieder recherchieren könnte. Vertrauen hin, Vertrauen her, sie musste das ja keinem auf die Nase binden. Ihre anfängliche Skepsis legte sie ab und überlegte, wie sie am besten ihren Mitbewohnern Kalles Anliegen beibringen konnte. Begeistert würden sie bestimmt nicht reagieren, aber ihr würden schon die richtigen Worte einfallen. Kalles wirkliche Gründe waren ihr durchaus bewusst: Er wollte sie nur aus dem Verkehr ziehen und das war auf irgendeine Art ja auch rührend.

„Stellt euch vor, ich soll bei Kalle aushelfen", berichtete Gisela ihren Freunden. „Er hat mich darum gebeten, die alten Unterlagen in Papierform im Computer zu archivieren. Was haltet ihr davon, wenn ich mich hier zwei oder drei Mal in der Woche vormittags absetze. Ihr kommt doch allein zurecht, oder?"

„Wir schmeißen den Haushalt schon allein. Wenn du zurückkommst, steht das Essen auf dem Tisch. Mach das nur, du wolltest dich schon immer nebenbei beschäftigen", meinte Anton spontan dazu, wobei auch er Kalles wahren Grund ahnte. Martin zeigte sich nicht gerade begeistert: „Wir wollten doch soviel gemeinsam unternehmen. Du wirst mir ganz schön fehlen, mein Hummelchen. Wenn du aber Kalle damit einen Gefallen tust und es dir selbst Spaß macht, solltest du es annehmen. Es wird schließlich nicht ewig dauern."

Gisela lenkte ab: „Was ich dich schon immer fragen wollte: wieso nennst du mich eigentlich immer Hummelchen? Eine Hummel ist ein fettes, unbeholfenes Insekt. Giselle hab ich immer gern gehört, beim Hummelchen schrecke ich jedes Mal ein wenig zusammen."

„Das ist doch ganz einfach! Also erstens: fett bist du ja nun ganz und gar nicht. Eine Hummel hat viel zu kurze Flügel, um laut Aero-dynamikgesetz überhaupt fliegen zu können. Sie weiß es aber nicht, weil sie die Gesetze nicht kennt und deshalb fliegt sie trotzdem. Ein Flugzeug mit so kurzen Flügeln im Vergleich zum Rumpf könnte niemals fliegen. Auch du verblüffst alle, weil du Unmögliches möglich machst. Außerdem hat die Hummel einen Abwehrstachel, den sie bei Bedarf einsetzt. Ich glaube, dass du den auch hast...!"

„Dann wart nur ab, bis du meinen Stachel mal zu spüren bekommst! Aber wenn das so ist, sag nur weiter Hummelchen zu mir. Ich hab mich ohnehin längst daran gewöhnt. Was meint ihr denn: Wann soll ich bei Kalle anfangen?"

„Das sollst du selbst entscheiden oder sprich den Termin mit Kalle ab. Wir kommen hier auch ohne dich soweit gut klar."

Prima, die Kröte hatten sie geschluckt. Sie wollte sich die Aufgabe und den Arbeitsplatz erst einmal anschauen. Im Prinzip wäre die Arbeit sicher auch von Osterbinde aus zu erledigen. Dazu müssten Kalle oder Michael nur die Ordner transportieren. Diese Idee wollte Gisela jedoch erst gar nicht publik machen. Ihr war schon lieber, an einigen Tagen einfach mal rauszukommen und andere Luft zu schnuppern. Dann konnte sie sich in Ruhe um die ungelösten Fälle kümmern. Sie musste sich über die Brisanz der einzelnen Vorgänge ein Bild machen, denn noch hatte sie keine Ahnung, welche Art Aufträge Kalle überhaupt angenommen hatte. Potentielle Fremdgeher? Damit wollte sie sich nicht beschäftigen. Arbeitgeber lässt Arbeitnehmer beschatten, weil er dessen Schwarzarbeit während einer angeblichen Krankheit vermutet? Das könnte sie schon eher interessieren. Reizvoll wäre ein Fall, wo ein Mensch als vermisst gemeldet war. Einer, der bis zum heutigen Tag nicht wieder aufgetaucht war. Aber, was sollte sie sich schon jetzt Gedanken darüber machen? Sie hatte keine andere Wahl und musste sich gedulden, bis sie allein in Kalles Büro wirken konnte. Etwas Wichtiges war noch zu erledigen: Kalle wartete noch auf ihre Zusage.

Der Anrufbeantworter hatte ein Gespräch von Herrn von Horn aufgezeichnet, in dem er um Rückruf bat. Am besten, sie riefe gleich zurück, um auch das schnell hinter sich zu bringen. Seine Worte konnte sie erahnen und sie hatte Recht: „Meine liebe Giselle, was haben Sie da nur wieder angestellt! Ist ja lobenswert, doch Sie haben sich in große Gefahr gebracht. Mit Menschen dieser Art ist wirklich nicht zu spaßen. Meine Frau und ich, wir sind so froh, dass alles glimpflich für Sie ausgegangen ist. Wenn es an der Zeit ist, werde ich die Verteidigung von Pawel selbstverständlich übernehmen. Das tue ich nur, weil Sie mich von seiner Unschuld überzeugt haben und natürlich auch Ihnen zuliebe."

„Danke, ich wusste doch, dass ich mich auf Sie verlassen kann", beeilte Gisela sich zu sagen. „Ich werde die Verbindung herstellen, sobald mir Termine bekannt sind."

Dann plauderten sie über das Wetter auf Lanzarote und von Horn schlug ihr und ihren Freunden einen Urlaub auf der Insel vor. Sicher hatte er dabei auch Gedanken im Hinterkopf wie: Dann kann sie wenigstens nichts Gefährliches anrichten und ist vorübergehend zum Nichtstun verdammt. Nachdem Gisela das Gespräch beendet hatte, war sie froh, nun auch die letzte Strafpredigt hinter sich zu haben.

Jetzt freute sie sich auf den kommenden Montag, ihren ersten Arbeitstag. Zuvor gab es noch heftige Diskussionen wegen der Bezahlung. Kalle bot Gisela eine fürstliche Bezahlung an, die sie strikt ablehnte: „Soweit kommt das noch! Ich will doch kein Geld dafür, wenn ich dir damit einen Gefallen tun kann. Mach lieber eine Spende für die Flüchtlingshilfe, dann hast du ein gutes Werk getan." Gisela war die Aussicht auf den einen oder anderen ungelösten Fall Bezahlung genug.

„Leg doch noch ein Gürkchen dazu", hörte sie am Montagmorgen Antons Stimme. Martin hatte nicht nur den Frühstückstisch besonders liebevoll gedeckt, er war gerade dabei, zwei Scheiben Brot für sein Hummelchen einzuwickeln. „Eins mit Salami und das andere mit Käse, das isst sie doch am liebsten", meinte Martin zu wissen.

„Ihr seid wirklich lieb. Danke! Aber ich bin doch spätestens um eins zurück. In der Zeit wäre ich bestimmt nicht verhungert."

Unterwegs wurde ihr so richtig bewusst, wie liebevoll und fürsorglich die Menschen an ihrer Seite waren: Martin, den sie von Herzen liebte und Anton als ihr gemeinsamer Freund. Gisela fühlte große Dankbarkeit für dieses Glück.

Michael hatte das optische Archiv bereits eingerichtet und erklärte Gisela die weitere Vorgehensweise. Im Grunde war es eine eintönige und langweilige Arbeit, mit der sie früher nicht gern ihr Geld verdient hätte. Sie wusste, dass Kalle und Michael in gut einer Stunde das Büro verlassen würden. Bis dahin wollte sie schon eine Menge geschafft haben, um sich dann um die „ungelegten Eier" zu kümmern. Der Scanner arbeitete für ihr Empfinden viel zu langsam und sie wurde zunehmend ungeduldig. Es war schon sinnvoll, endlich den Papierkram aus alten Zeiten abzuschaffen. Sie ließ sich jedoch nichts anmerken und schob beherzt ein Blatt nach dem anderen durch den Scanner, nachdem sie Heft- und Büroklammern entfernt hatte. Nach dem Scannen folgte die Archivierung, wofür sie die einzelnen Vorgänge namentlich erfassen musste. Die Archivierung sollte noch ein weiteres Mal, dann allerdings chronologisch erfolgen. Zwischendurch schielte Gisela immer wieder auf die Ordner mit den nicht erfüllten Aufträgen. Dann endlich war sie allein und blätterte kurz darauf im aktuellen Ordner mit ungelösten Fällen.

„Was ist das denn?", murmelte sie vor sich hin. Eltern einer Fünfzehnjährigen vermissten ihre Tochter Nina und vermuteten sie im Drogenmilieu. Ein Foto von dem Mädchen war beigefügt. Der Auftrag wurde von vornherein auf einen Tag befristet. Möglicherweise stand den Eltern kein Geld für eine Verlängerung zur Verfügung. Gisela staunte über Kalles und Michaels umfangreiche Aufzeichnungen zur Recherche. Alle Aktivitäten hatten sie minutiös festgehalten. Nachfragen an den markanten Drogenumschlagplätzen waren erfolglos geblieben. Wo mochte das Mädchen jetzt sein? War sie wieder aufgetaucht oder immer noch verschollen? Lebte sie im Drogensumpf oder lebte sie überhaupt noch? Fünfzehn Jahre! Es war doch ein Jammer, so leichtfertig mit dem

Leben umzugehen. Dabei strahlte ihr ein hübsches Gesicht vom Foto entgegen. Gisela griff sich den Telefonhörer. Nein, der Gedanke war nicht gut. Vom Büroanschluss sollte sie keineswegs die Nummer der Eltern wählen. Durch Zufall könnten Kalle und Michael ihren Anruf entdecken und das war nun wirklich nicht in ihrem Sinn. Entschlossen suchte sie ihr Handy und wählte die in der Akte angegebene Nummer. Noch drückte sie nicht die grüne Taste, um den Anruf auszulösen. Was sollte sie eigentlich sagen? Wie sollte sie sich überhaupt vorstellen? Mein Gott, das konnte doch nicht so schwierig sein. Weshalb fiel ihr nichts Passendes ein? Eventuell könnte sie angeben, etwas von Nina gefunden zu haben, eine Fahrkarte oder einen Ausweis vielleicht. Was aber, wenn das Mädchen immer noch verschwunden war? Mit einer solchen Information würde sie den Eltern nur falsche Hoffnungen machen und das hielt sie für unverantwortlich. Sie könnte versuchen, Nina für eine Cheerleader-Gruppe zu gewinnen. Das klang doch unverbindlich und passte zu einer Fünfzehnjährigen. Entschlossen drückte Gisela die Taste mit dem grünen Hörer auf ihrem Handy. Nach vier, fünf Mal Klingeln meldete sich eine frische Stimme: „Nina Brinkmann!"

Verlegen schluckte Gisela, denn damit hatte sie wirklich am wenigsten gerechnet: „Entschuldigung, ich habe mich verwählt." Auf der einen Seite war sie sehr erleichtert, andererseits stellte sie fest, dass sie sich ihren „Nebenjob" viel zu leicht vorgestellt hatte.

Warum musste sie auch immer so schrecklich impulsiv sein? Hastig schlug Gisela den Ordner mit den ungelösten Fällen wieder zu, widmete sich erneut dem Scannen und Archivieren und fand das schrecklich langweilig.

Gegen dreizehn Uhr traf sie wieder in Osterbinde ein, gerade rechtzeitig zum Mittagessen. Martin begrüßte Gisela, als hätte er sie zwei Wochen lang nicht gesehen: „Komm und leg gleich deine Beine hoch, mein Hummelchen!"

„Aber Martin, so kann ich schließlich keine Erbsensuppe essen. Ich habe wirklich keine Schwerstarbeit geleistet. Das bisschen Arbeit am Computer...", warf sie ein.

„Dann soll Anton dir aber gleich die Schultern massieren, bevor du Verspannungen kriegst. Machst du das, Anton? Du siehst so angespannt aus. Ich glaube, die Arbeit bekommt dir gar nicht."

„Es geht mir gut!" betonte Gisela etwas spitz und fügte hinzu: „Und sag nicht immer

Hummelchen zu mir." Grinsend und augenzwinkernd antwortete Martin: „Ist schon gut, mein Hummelchen!" Er schloss sie fest in seine Arme und küsste sie liebevoll. Auch Antons Welt schien erst wieder in Ordnung zu sein, wenn das Trio komplett war. „Willst du es ihr selbst sagen oder soll ich es erzählen?"

„Was gibt es denn für Überraschungen? Irgendetwas führt ihr doch im Schilde?"

„Es ist so, Hummelchen, meine Tochter Claudia hat angerufen und sich bitter beschwert, dass ich sie so lange vernachlässigt habe. Sie merkte, dass ich nicht gern allein kommen wollte und hat uns drei nach Westerland eingeladen. Wir können zusammen bei ihr wohnen. Sag doch ja! Bitte! Sie möchte dich und Anton so gern kennenlernen." Anton fügte hinzu: „Deine Verbrecher hast du zur Strecke gebracht und die Arbeit bei Kalle wird doch nicht so dringend sein. Bei der Kripo kannst du eine Nachricht hinterlassen, dass du vorübergehend nicht persönlich zu erreichen bist. So eine steife Nordseebrise wird uns bestimmt gut tun!"

Gisela seufzte: „Vielleicht habt ihr Recht und wir sollten mal Westerland unsicher machen. Auf deine Tochter und ihre Familie bin ich auch schon gespannt. Dann kann ich nachsehen, ob du ihr deine schönen braunen Augen vererbt hast." Die Männer konnten ihre Freude über Giselas Zustimmung kaum verbergen. Als Gisela ihnen für nachmittags einen Friseurbesuch ankündigte, hatte sie dabei schon wieder Nebengedanken. Sie wollte allein sein, um ihre Gefühlswelt ein wenig unter Kontrolle zu bringen. Bereits auf dem Rückweg hatte sie das schlechte Gewissen geplagt. Spätestens wenn ihre nette Friseurin Brigitte den Föhn aus der Hand gelegt hatte, wollte sie einen Entschluss gefasst haben.

Da sie ohne Termin kam, musste sie etwas Wartezeit in Kauf nehmen. Die angebotenen Zeitschriften ließ sie unbeachtet liegen und gab sich ganz ihrer Grübelei hin. Die Auftraggeber hatten Kalle das Vertrauen entgegengebracht, ihren persönlichen Fall zu klären. War es Missbrauch, wenn sie sich jetzt dieser Daten bediente? Andererseits war sie vorübergehend in der Detektei beschäftigt und hatte Zugang zu allen Vorgängen. Aber doch nur, um sie elektronisch abzulegen und nicht, um sie zu durchstöbern. Kalle, den sie sehr schätzte, könnte sogar annehmen, sie wolle seine Arbeit kritisieren. Nein, es war wirklich nicht gut, dass sie sich der unerledigten Fälle selbst noch einmal annehmen wollte. Schluss damit, aus und vorbei! In Zukunft wollte sie ganz brav Kalles

Unterlagen elektronisch ablegen und sonst nichts. Sie würde besser die Nase in die erledigten Fälle stecken. Dabei könnte sie sicher noch viel von Kalle und Michael lernen.

Giselas Gesicht war völlig entspannt, nachdem sie diesen Entschluss gefasst hatte. Sie legte erleichtert ihren Kopf nach hinten und genoss die angenehme Massage bei der Haarwäsche. Während die Tönung einwirkte, griff sie zur Kreiszeitung. In den letzten Tagen war die Tageszeitung zu kurz gekommen. Giselas Blick fiel auf einen Artikel mit der Titelzeile: „Überfall auf Kiosk - Täter noch flüchtig". Gierig las sie die Zeilen und erfuhr, dass eine 72-jährige Kioskbetreiberin aus Wildeshausen kurz vor 22 Uhr bei einem Überfall lebens-gefährlich verletzt worden war. Zeugen berichteten von der Flucht der beiden mutmaßlichen Täter in einem roten VW-Golf.

Hoppla! Das konnte doch wieder ein Fall für sie werden. Kein geklauter aus Kalles Akten, das hier hörte sich doch schon vielversprechender an. Der Polizei würde sie gern einen Vorsprung einräumen. Nach ihrer Rückkehr aus Westerland könnte sie sich der Sache annehmen, es sei denn, die Täter wurden inzwischen überführt. Giselas Fantasie ging mal wieder mir ihr durch.

Abends rief Pawel an, um mitzuteilen, dass er zu einer Zeugenaussage geladen wurde. Die Vernehmung sollte in zwei Wochen stattfinden. Zeit genug, um vorher eine Woche lang Sylt-Luft zu schnuppern. Fragte sich nur, ob von Horns Anwesenheit dann schon erforderlich war. Vermutlich nicht, denn es ging vorerst lediglich um eine Zeugenvernehmung. Nicht nur Gisela freute sich auf ein Wiedersehen mit Pawel. Auch Martin und Anton nahmen sich vor, ihm den Aufenthalt so angenehm wie möglich zu gestalten. Sie beschlossen, ein Treffen mit Bianca zu arrangieren, sofern es in Pawels Sinne war.

Von Frau Lindemann erfuhren sie, dass Herr Tegge inzwischen aus dem Krankenhaus entlassen war. Der Hofladen blieb vorerst noch geschlossen.

Anfang der nächsten Woche sollten die Bauarbeiter anrücken, um den Neubau für die zweite Senioren-WG zu errichten. Also war es noch zu früh, sich um Bewohner zu bemühen.

Gisela war es ein bisschen unangenehm, Kalle bereits nach zwei Tagen Arbeitseinsatz um eine Auszeit zu bitten. Für ihn stellte das absolut kein Problem dar. Gaby und er freuten sich, dass Gisela mit Anhang wieder auf Reisen ging, denn das könnte sie wieder auf andere Gedanken bringen. Bald gab es noch etwas, das Gisela ablenken würde, denn der Geburtstermin von Nadines und Michaels Nachwuchs rückte in greifbare Nähe.

Erneut war Kofferpacken angesagt. Obwohl Gisela eigentlich keine Zeit für einen Urlaub opfern wollte, erfasste sie jetzt doch das Reisefieber. Schade, dass sie das Tandem nicht transportieren konnten, aber vielleicht hielt ein Sylter Fahrradverleiher eines für sie bereit. „Anton, sonst kommst du in eine Rikscha", feixte Martin.

Am nächsten Morgen erreichten sie gegen elf Niebüll. Eine lange Autoschlange wartete vor ihnen, um einen Platz auf dem Autozug Sylt-Shuttle zu bekommen. Auch wenn die Züge im Sommer halbstündlich fuhren, war die Wartezeit länger als die 35-minütige Überfahrt auf dem berühmten Hindenburgdamm bis Westerland. Die ganze Zeit über redete Anton bereits etwas von der berüchtigten Sylter Rote Grütze und machte auch den beiden anderen den Mund wässrig.

Nach dem Entladen des Autos gab es ein herzliches Wiedersehen mit Martin und seiner Tochter. Beide hatten sich seit Monaten nicht mehr gesehen. Sein zwölfjähriger Enkel und dessen zwei Jahre ältere Schwester warteten durchaus neugierig auf dem Bahnhofsvorplatz auf ihren Opa und die anderen Gäste.

Neidlos stellte Gisela fest, dass nicht nur sie eine sympathische Nichte hatte. Martins Tochter sah ihrem Vater sehr ähnlich und hatte scheinbar auch das offene, freundliche Wesen von ihm geerbt. Martin äußerte ein Anliegen: „Claudia, bevor wir weiterfahren, müssen wir noch etwas erledigen. Anton braucht jetzt unbedingt seine Sylter Rote Grütze. Während der ganzen Fahrt hat er uns damit schon in den Ohren gelegen."

„Kein Problem! Sieh mal, dort können wir alle draußen sitzen. Da soll sie besonders gut schmecken."

Martins Enkel Nico und Tomke konnten jetzt etwas beobachten, woran Gisela und Martin sich schon längst gewöhnt hatten: Anton ertastete den Tisch. Er strich instinktiv mit den Händen an der vorderen Kante entlang und ließ sie dann über die rechte und linke Außenkante gleiten. Weil die große Tischplatte rechteckig war, reichten seine Arme nicht, um die gegenüberliegende Kante zu erreichen. Auf diese Weise informierte Anton sich zunächst über die Ausmaße des Tisches. Jetzt folgte die Oberseite der Platte, über die er sanft strich. Er registrierte einen Aschenbecher und die Speisekarte, die ihren Platz in einem Aufsteller hatte. Das lackierte Holz hatten seine Finger längst ausgemacht. Er fühlte eine etwa zehn Zentimeter breite Kante als äußeren Abschluss des Tisches. Scheinbar irritierte ihn der Verlauf der diagonal verlaufenden Bretter im inneren Bereich, denn er legte seine Stirn in Falten. Tomke bekam einen leichten Tritt von ihrem Bruder gegen das Schienbein, der schon anfing zu grinsen, wofür er einen strafenden Blick seiner Mutter erntete.

Als die Bedienung nach den Wünschen fragte, hatte Anton sich bereits genau informiert, an welcher Art Tisch er saß und bestellte erwartungsvoll die berühmte Süßspeise, die auch allen anderen hervorragend schmeckte.

Auf dem Weg zum Auto sah man Gisela zwischen ihrem geliebten Martin auf der linken und ihrem Freund Anton auf der rechten Seite bummeln. Es war ihr tatsächlich gelungen, einmal abzuschalten und sie freute sich nun richtig auf diese Woche Sylt-Urlaub. Martin und Anton gaben beide unabhängig voneinander ein Stoßgebet ab, um in dieser Woche die Insel Sylt von Verbrechen, welcher Art auch immer, verschont zu lassen.

Ihr Gebet wurde erhört.

Christa Bohlmann

geb. 1945, verheiratet, Bankkauffrau
seit Jan. 2008 im Ruhestand
www.Bohlmann.jimdo.com

Bereits veröffentlicht:

2000 Erinnerungen
Heitere Schmunzelgeschichten aus den
50er/60er-Jahren
Eigenverlag

2001 Mixed-Pickles
Anekdotensammlung:Wirkliches,
Erlauschtes. Erlebtes, Erdachtes
Eigenverlag

2002 Kein Schatten ohne Licht
Diagnose Brustkrebs
BoD ISBN 3-8311-4268-8

2003 Die Buschs
Blicke   hinter   die   Kulisse   einer
Kleinstadt- Idylle, Roman
BoD ISBN 3-8311-4926-7

2005 **Kalle Korn**
Aus dem Leben eines Ermittlers, Roman
BoD ISBN 3-8334-2589-X

2006 **Bad Meinberg – einmal anders gesehen**
Fantastische Erzählung
BoD ISBN 9-783837-024462-3

2009 **Weihnachtliche Herzenswärmer**
Wahre und fantastische
Kurzgeschichten
BoD ISBN 9-783839-13269-2

2009 **Aufs Mäulchen geschaut**
Anekdotensammlung von Kindern für Erwachsene
BoD ISBN 9-7838391-21337

2010 **Weihnachtliche Wintermärchen**
Fantastische Kurzgeschichten
BoD ISBN 9-783842-30652-3

2011 **Weihnachtliche Seelenschmeichler**
Fantastische Kurzgeschichten
BoD ISBN 9-783844-801804

2012 **Bella – mehr schwarz als weiß**
Roman
BoD ISBN 9-783844-801804

2013 **Weihnachtliche Plaudereien**
Weihnachtliche Kurzgeschichten
BoD ISBN 9-78732-281145

2014 **Bittersüß**
Roman
BoD ISBN 9-783735-770820

2014 **Bold is Wiehnachten**
plattdeutsche Weihnachtsgeschichten
BoD ISBN 9-783738-604139